Le Trésor de Tyson

Héros à louer, tome 11

Dale Mayer

Résumé

Après avoir perdu sa femme et son enfant, il y a quelques années, Tyson pense être enfin prêt à reprendre le cours de sa vie. Alors, lorsque Kai, la meilleure amie de son épouse, mentionne avec désinvolture qu'elle est victime d'un harceleur, il accepte de l'aider. Il s'aperçoit rapidement qu'être à ses côtés, de quelque manière que ce soit, lui semble bien plus naturel que n'importe quoi d'autre, depuis très longtemps.

Avant même que Tyson n'épouse sa meilleure amie, Kai s'était éprise de lui. Malheureusement, dès que sa meilleure amie eut posé les yeux sur lui, tout s'était enchaîné. Dans le cadre d'un nouveau programme de formation développé par son entreprise, Kai est, aujourd'hui, chargée d'une démonstration chez *Legendary Security*. Tyson figure dans le groupe de stagiaires. Kai renoue alors avec des émotions qu'elle pensait définitivement endormies. Certes, sa vie a changé radicalement depuis, mais son cœur a toujours été à lui. Admettre qu'elle a un problème, qu'elle est incapable de le gérer seule, n'est pas chose facile pour une dure à cuire comme elle. Mais Kai ne peut pas minimiser, longtemps, le harcèlement dont elle fait l'objet, surtout pas avec Tyson.

Au fur et à mesure qu'ils s'aventurent dans ses problèmes et dans leurs sentiments, les complications se multiplient jusqu'à devenir… fatales.

Inscrivez-vous ici pour être informés de toutes les nouveautés de Dale !
https://geni.us/DaleNews

Prologue

TYSON MORGAN ÉTAIT assis devant la table de la salle à manger du domaine. Depuis qu'il avait quitté l'armée, il n'avait jamais revu un groupe aussi incroyable d'hommes et de femmes, ainsi rassemblés. Retrouver cela, dans le privé, lui semblait totalement improbable.

Levi prit la parole :

— Tout le monde, voici Tyson. Lui et Jace se joignent à nous.

Tyson jeta un coup d'œil à Jace. Ils se tournèrent ensemble vers Michael.

Il haussa les épaules :

— Eh, je vous ai dit que c'était un endroit génial. Vous m'avez fait confiance avant. Alors, faites-moi encore confiance maintenant.

— Nous ne serions pas là si ce n'était pas le cas.

— Alors, détendez-vous et prenez ça cool, leur lança Michael dans un sourire.

Une belle femme s'approcha d'eux et leur tendit des tasses avant de leur désigner la cafetière sur le buffet.

— Servez-vous.

Le regard de Tyson se promena entre elle et le café.

— Merci.

— Ne faites pas attention aux autres. Ils ont un appétit de loup, mais ils ne mordent pas. À moins que vous ne soyez dans le camp adverse… leur annonça-t-elle souriante.

— Espérons que nous sommes tous dans la même équipe ici, ricana Jace.

— Nous le sommes. Nous avons tous eu de la chance, déclara Levi.

À ce moment-là, la voix de Stone traversa la maison.

— Véhicule en approche.

Levi se leva et regarda par la fenêtre.

— Bien. Elle est en avance.

— C'est Kai, déclara Ice en éclatant de rire. À quoi vous attendiez-vous ? De toute sa vie, Kai n'a jamais été en retard.

— Kai ? répéta Michael. C'est peu commun. Je n'ai rencontré qu'une seule personne portant ce prénom.

Jace et Tyson questionnèrent Levi.

— L'instructrice spécialisée dans l'armement ?

— Oui, elle œuvre dans le privé maintenant. Elle travaille pour sa propre société de développement et vient nous voir pour discuter de quelques possibilités de formations supplémentaires.

Tyson sentit son intérêt s'éveiller. Lui qui était mort depuis si longtemps… Suite à la trahison, au sein des SEALs, de plusieurs de ses camarades, il avait quitté l'armée, totalement désabusé. Rien ne l'avait vraiment intrigué depuis. Même venir ici n'avait pas, tout à fait, été sa décision. C'était plutôt celle de Michael, qu'il avait suivi. Si cet endroit méritait que Michael sorte de sa retraite, alors peut-être était-ce aussi là que Tyson devait vivre.

Kai… Eh bien, il se souvenait d'elle comme d'une petite pile électrique, brune, capable de remettre un homme à sa place en quelques secondes et pas seulement avec le ton de voix. Elle était militaire jusqu'au bout des ongles. Aucun des hommes n'oserait la contredire. Leur respect et leur admiration lui étaient acquis. Et Tyson connaissait plus d'un gars qui fantasmait sur elle…

Il regarda Michael et constata son air réjoui. Sa compagne, Mercy, l'embrassa sur la joue. Michael passa son bras autour d'elle et la serra contre lui. Ils arrivaient juste en ville. Ensemble, ils venaient d'acheter un terrain, adjacent au domaine, et construisaient leur maison dessus. Ce n'était pas une mauvaise idée. L'avenir de Mercy était loin d'être évident, à une exception près : il était lié à celui de Michael.

Tyson ignorait ce que cela faisait. Depuis qu'il avait perdu sa femme et son enfant, il avait été seul. Dans cet enfer, il ne savait plus comment avancer. Il se contentait de mettre simplement un pied devant l'autre. Comme il devait le faire, mais son cœur n'y était plus, depuis longtemps.

L'année précédente, sans Michael, il aurait été perdu.

La porte s'ouvrit en grand et la petite pile brune, de son souvenir, entra, avec un sourire éclatant.

— Bonjour à tous. Prêts pour une matinée amusante ?

Son regard glissa sur chacun d'eux, les mesurant presque mentalement, ajoutant des noms, les évaluant et les jugeant. Quand elle fit face à Tyson, elle l'étudia et ajouta :

— Salut, Tyson. Comment ça va ?

Quand ils étaient plus jeunes, Kai était la meilleure amie de Tracy, sa défunte épouse. La douleur ne semblait tout simplement pas vouloir finir. Il opina :

— Bien. Et toi ?

Elle inclina sa tête comme si elle voyait son mensonge.

— Tu ne vas pas bien. Tu vas à peine bien. Tu es toujours en mode survie. Et c'est une bonne chose parce que je suis venue ici pour botter le cul de quelqu'un. Et ce sera le tien, précisa-t-elle en se frottant les mains.

Chapitre 1

TYSON PRIT UNE serviette et s'essuya le visage. Il aimait beaucoup l'immense salle de musculation et l'espace ouvert que Levi avait créé ici. Il ne comprenait pas encore à quoi servait la nouvelle pièce située sur le côté. Il avait entendu des rumeurs selon lesquelles, elle aurait un rapport avec la visite de Kai. En parlant d'elle, elle l'avait balancé, jeté et piétiné. Et ce, malgré sa petite taille.

Kai ne plaisantait pas quand elle avait dit qu'elle était prête à botter les fesses de quelqu'un.

Seulement maintenant, elle se trouvait face à Ice. Cela ne se passait pas vraiment comme Kai l'avait prévu. Tyson était handicapé par sa conscience, il lui était impossible de frapper une femme. Il savait que c'était aussi une question de compétences, mais il avait été incapable de riposter aussi fort, aussi méchamment, qu'il l'aurait fait, s'il avait eu un homme face à lui.

Cela avait encore plus énervé Kai.

Il était ce qu'il était et Kai avait été la meilleure amie de sa femme. Il était hors de question qu'il lui fasse du mal.

Surtout pas alors qu'il savait pouvoir la blesser. Par contre, si elle avait été une terroriste tenant un fusil semi-automatique pointé directement sur eux, peut-être… Mais bon, là, il n'en était pas question. Il ne pouvait tout bonnement pas faire de mal ni à Kai ni à n'importe quelle autre femme vivant ici. Surtout sachant que, malgré toutes leurs compétences, il leur était physiquement bien supérieur.

Évidemment, elles pourraient se mettre en colère, peut-être même être furieuses et lui faire des reproches. Les hommes, eux, comprenaient. Tyson n'avait encore jamais vu l'un d'eux se battre contre Kai et en sortir vainqueur. Mais face à Ice… C'était autre chose… Elle donnait à Kai autant de coups que Kai lui donnait. C'était un combat incroyable. Tyson admirait toute l'habileté qu'elles avaient acquise pour pouvoir la déchaîner sur la laideur du monde. En y songeant, son cœur se remplit de tristesse. Il avait passé sa vie à essayer de soigner et d'aider. Pourtant, à chaque fois qu'il se retournait, une autre guerre se déroulait quelque part.

Il n'aimait pas repenser à cette vie-là. Concernant Tracy, c'était une autre histoire… Ses souvenirs étaient douloureux, mais il souriait quand-même en songeant à elle. La présence de Kai avait ravivé les souvenirs les plus pénibles.

Kai avait été la meilleure amie de Tracy. Tyson l'avait toujours respectée. Il avait cru longtemps qu'elle ne l'aimait pas. Son caractère abrasif se manifestait chaque fois qu'il était en sa présence. Il ne l'avait jamais vraiment comprise. Il l'avait simplement acceptée. Tracy, quant à elle, avait l'habitude de rire et de dire qu'il se trompait sur Kai. Qu'elle s'en remettrait. Quoi qu'il en soit.

— Et elle a fini par s'en remettre, marmonna-t-il dans son souffle.

L'un des gars, posté à côté de lui, se retourna pour le regarder. Il haussa les épaules et s'essuya encore le visage. Il n'avait aucune idée de ce que Kai venait faire ici. Jusqu'à présent, elle s'était contentée de se battre contre tout le monde. Tyson était tout à fait prêt à s'entraîner aux arts martiaux. Pourtant, il se doutait que ce n'était pas exactement pour ça qu'elle était venue. Elle était instructrice, spécialisée dans le maniement des armes, alors à moins qu'elle n'apporte de nouveaux jouets, il ne comprenait pas. Comment se faisait-il qu'elle ait quitté l'armée ? Il aurait juré qu'elle y passerait sa vie. La vie avait changé pour eux tous, lui compris. En regardant toutes les personnes, présentes autour de lui, qui avaient quitté l'armée, il se rendit compte à quel point c'était normal. Kai travaillait maintenant dans le privé. Pourquoi avait-elle changé de carrière ? Qu'est-ce qui l'amenait là ?

Il attrapa une bouteille d'eau sur le comptoir et en but plusieurs gorgées. Une salve d'applaudissements, derrière lui, le fit se retourner, il vit Ice et Kai se serrer la main, toutes deux fatiguées, en sueur et rayonnantes.

— Match nul ? conclut-il.

Les deux femmes étaient des dures à cuire.

Kai prit une serviette, s'épongea le visage, la passa autour de son cou et déclara :

— Maintenant que c'est fait, jetons un coup d'œil à ce que je vous ai apporté.

Elle désigna un tapis roulé, derrière elle.

— Rhodes, Merk, vous voulez bien le dérouler pour moi ?

Ils l'attrapèrent et, dans un grognement de surprise, réussirent à le traîner jusqu'à elle.

Elle rit devant leurs airs étonnés.

— Oui, il est lourd. Il est spécial. Étendez-le pour moi, voulez-vous ?

Ils s'exécutèrent.

— Maintenant, traversez-le et revenez jusqu'à moi.

Ils marchèrent dessus, dubitatifs, se retournèrent et la rejoignirent.

— On dirait un tapis classique.

Elle acquiesça. Puis, saisit une télécommande.

— Pas tout à fait.

Elle appuya sur un bouton et leur lança :

— Maintenant, recommencez.

Les deux hommes échangèrent un regard, mais s'avancèrent sur le tapis. Ils durent forcer pour réussir à lever leurs jambes et faire un pas de plus. Ils observèrent le tapis, puis revinrent vers Kai. Rhodes demanda :

— Qu'est-ce que c'est que ça ?

— Une nouvelle sorte de plate-forme. Elle permet d'ajuster la résistance pendant l'entraînement.

Elle lui tendit une épaisse ceinture de cuir.

— Mets-la autour de ta taille.

Elle attendit qu'il l'ait bouclée, puis lui désigna le tapis.

— Dix pompes.

Rhodes frappa le sol et rebondit. À la deuxième, il jura. À la troisième, ses insultes devinrent beaucoup plus virulentes.

Kai s'esclaffa.

— Je vais baisser la résistance. Essaie encore.

Dans la seconde, il réussit beaucoup plus facilement.

— Maintenant, regardez bien, déclara Kai alors qu'elle augmentait la puissance et que Rhodes décuplait ses efforts.

— Et…. Elle tourna le cadran jusqu'au bout. Malgré les encouragements de tout le monde, Rhodes ne décollait pas son torse du sol.

— Qu'est-ce que c'est que cette magie ? rugit Merk.

— Il n'y a aucune de magie là-dedans. C'est un instrument de torture, rétorqua Rhodes. Tu veux bien le remettre à fond, s'il te plaît ?

Avec un petit rire, Kai actionna le bouton vers le bas.

— De nouveaux aimants spéciaux, placés à l'intérieur, entravent votre force. Ils créent une attraction gravitationnelle plus intense. Pensez à la quantité de poids que vous devez utiliser quand vous faites de la musculation, quand vous vous exercez sur des machines… Ce tapis, ainsi que l'ajout d'un ou plusieurs de ces éléments, constituent un entraînement de résistance d'un tout autre niveau, précisa-t-elle en leur présentant des bracelets de cheville et de poignet plus petits.

— Ils vous aideront à tirer le meilleur parti de vos séances. Cela changera radicalement la façon dont vous vous entraînez, ajouta-t-elle en souriant devant leurs visages fascinés.

De retour sur ses jambes, Rhodes enleva la ceinture et la tendit à Levi.

— Non, déclina celui-ci. Je sais déjà ce que ces choses peuvent faire.

Rhodes la passa à Michael qui l'enfila, cette fois, Merk tenait la télécommande. Il se redressa.

— Je ne l'aurais pas cru. Ces choses sont mortelles.

— Bien sûr, mais ça permet aussi de développer et de tonifier les muscles plus vite, plus fort et mieux que jamais.

Michael sourit.

— Mais à quel prix ? Nos egos ne sont pas si faciles à remplacer.

— Peut-être, mais j'ai aussi un nouvel ensemble de réalité virtuelle à vous faire essayer, s'esclaffa-t-elle.

Des murmures remplirent la pièce.

Tyson s'interrogea. Il n'avait encore rien vu de tel. Cela ne faisait guère plus de quarante-huit heures qu'il était ici. Il jeta un coup d'œil à son ami, qui le regarda à son tour. Ensemble, les deux hommes secouèrent la tête, haussèrent les sourcils et se concentrèrent à nouveau sur Kai.

— Celui-ci est destiné à l'entraînement au tir. Nous avons des programmes de VR spécifiques sur lesquels Levi travaille dans la salle qui leur est spécialement dédiée. Pour l'instant, vous avez le choix entre trois programmes, auxquels nous vous connecterons. Je peux vous montrer l'un d'eux tout de suite. Il est simple et facile. Je voudrais un volontaire.

Kai les dévisagea et décréta :

— Tyson, c'est à toi.

Il s'avança docilement, se demandant pourquoi elle s'en prenait à lui. Elle l'équipa d'un casque, d'une ceinture, d'une espèce de paire de gants futuriste et d'une arme semblant bien réelle même si elle était en plastique et pesait un certain poids. À la place des munitions, il y avait un panneau de contrôle sur le côté. Il la regarda fixement et dit :

— Je ne joue même pas aux jeux vidéo. C'est totalement nouveau pour moi.

— Et pendant que tu joues, précisa-t-elle. Nous avons un écran qui permet aux autres de voir ce que tu vois. Vous êtes en pleine immersion virtuelle. Faisons un essai.

Elle se tourna vers Levi.

— Tu as terminé l'installation ?

— Oui, acquiesça Levi.

Il indiqua à tout le monde de rejoindre le fond de la pièce. Erigé là, un mur transparent séparait Tyson du reste de l'équipe. Il se retourna et observa ce qui semblait être un espace de trente par quarante. Il ne savait pas ce que cela signifiait.

La voix de Kai se fit entendre par une sorte de haut-parleur résonnant dans sa tête.

— Ok, Tyson, ne t'inquiète pas. Ce n'est qu'un entraînement. Appuie sur le bouton à gauche de ta ceinture.

Il obéit et se retrouva plongé dans une rue malfamée d'une ville d'Amérique du Nord. Il se retourna lentement, stupéfait par les détails qui apparaissaient autour de lui. Il semblait même y avoir une interaction totale, puisqu'un journal flottait sans but dans le vent devant lui.

— Tyson, tu sais que ce programme n'est qu'un simple entraînement pour t'aider à travailler la pratique de la cible, les temps de réponse, le discernement cognitif et une foule d'autres choses. Alors prépare-toi.

Soudain, du coin de l'œil, il vit une moto contourner un bâtiment, le conducteur, armé d'un pistolet, lui tira dessus. Tyson n'avait pas été touché physiquement. Pourtant, c'était presque comme si c'était le cas. La scène autour de lui se figea.

— Ce coup était fatal. Dans la réalité, tu serais mort. Tu as deux options. Tu peux changer les paramètres. Soit la scène entière disparaît et tu reviens à la pièce vide, soit la scène s'immobilise. Pourquoi ces options ? L'une te permet de partir, de mettre fin au jeu, de répondre à un appel téléphonique, peu importe. L'autre te permet d'examiner le scénario et d'évaluer ta performance. Maintenant, si tu veux bien te relever…

Kai le fixa.

Tyson secoua la tête et réalisa qu'il était au sol. Son corps avait réagi comme s'il avait reçu une balle. Il jeta un coup d'œil à ses gants bizarres et vit des capteurs clignoter.

— Nous allons recommencer. Cette fois, à toi de décider si tu prends le coup ou si tu ripostes.

En quelques secondes, une moto s'approcha de lui. Tyson leva son arme et tira. La moto accéléra et passa à côté de lui, le conducteur se jetant par terre. Tyson ne savait pas s'il avait été touché directement, mais comme l'homme tenait toujours son arme, il se rendit compte qu'il serait une cible si celui-ci survivait. Tyson se précipita dans la ruelle et observa la scène. Le conducteur de la moto n'avait pas bougé. Alors que Tyson pensait qu'il ne risquait plus rien, une autre moto surgit de la direction opposée. Le conducteur cria :

— Connard, c'est mon frère que tu viens de tuer.

Les balles fusèrent dans sa direction. Pendant les dix minutes qui suivirent, il exécuta des manœuvres d'évitement, tirant des coups de feu pour empêcher le gang de le tuer. Lorsque le programme se termina, Tyson tremblait, l'adrénaline l'envahissait, son corps était couvert de sueur.

La paroi de verre glissa sur le côté. Kai entra, tendit la main et lui retira le casque. Elle l'étudia.

— Comment te sens-tu ?

Haletant et le souffle rauque, il dit :

— Ça va. Tout va très vite.

— C'est vrai, admit-elle, souriante.

— As-tu quelque chose à voir avec cette invention ? lui demanda-t-il.

Tout en débouclant ses gants et sa ceinture et en lui prenant l'arme, elle répondit :

— Je n'ai pas fait le travail technique. Mais j'ai participé aux tests dès le début.

Il se dirigea vers l'autre côté de la pièce, un grand sourire aux lèvres. Pendant le reste de la matinée, il observa tout le monde essayer le nouveau système. Il se tourna vers Levi et lui avoua :

— C'est un sacré programme d'entraînement.

Levi acquiesça.

— Ce que nous ne pouvons pas nous permettre, c'est nous affaiblir. Nous ne pouvons jamais perdre ce côté alerte qui nous permet d'être ce que nous sommes sur le terrain.

Alors, oui, c'est un gros investissement financier, mais j'investis dans nos vies. C'est ce qui compte le plus.

Levi donna une tape sur l'épaule de Tyson.

— Tu as fait du bon travail. Bienvenue dans l'équipe. C'est bien de t'avoir parmi nous.

Et il se tourna vers les autres.

Tyson ne savait pas exactement comment le prendre car, même s'il avait apprécié ce qu'il avait fait ce matin, ce n'était pas la même chose que de savoir ce que serait la vie ici, en tant que membre de l'équipe.

Michael s'approcha.

— C'est une sacrée affaire que Levi est en train de conclure.

— Je ne peux pas dire le contraire. Finalement, peut-être que nous serons bien ici.

— J'en suis certain.

— Parce que tu t'es fait une place. J'ai toujours l'impression d'être un marginal.

— Oui. Tu le seras pendant un certain temps. Je n'en doute pas. Mais ce sont des gens bien. N'oublie pas qu'il y a toutes sortes de personnes. Sois heureux de savoir qu'il y a des gens comme nous.

— Vraiment ? Sont-ils vraiment comme nous ? Ont-ils connu les pertes, les tribulations, les épreuves, l'agonie ?

— Oui. Jusqu'au dernier d'entre eux, lui confia Michael sérieux.

Tyson étudia l'expression de son ami pendant un long moment, puis acquiesça, quelque chose s'installant au plus profond de lui.

— C'est bien. Alors oui, peut-être qu'ici, je serai à ma place.

Kai regarda Tyson s'éloigner. Il s'était incroyablement bien débrouillé. Surtout, compte tenu du fait qu'il était nouveau au sein du domaine et qu'elle s'était acharnée sur lui toute la matinée. Elle l'avait battu à plate couture, essayant désespérément de le faire riposter. Elle avait oublié leur code. Il ne s'agissait pas seulement du fait de ne pas frapper ou blesser une femme, ils avaient aussi Tracy entre eux. Elle avait été sa meilleure amie depuis leurs cinq ans, alors qu'elles portaient des nattes et prenaient des cours de claquettes.

Tracy était morte en couches, emportant avec elle la fille de Tyson. Lui et Kai avaient tous les deux ressentis durement sa perte et Kai savait que ce souvenir serait toujours présent entre eux. Même sur le tapis. Il la ménagerait toujours, à cause de leur passé. Pourtant, c'était la dernière chose qu'elle souhaitait.

Elle voulait qu'il sorte de ce marasme. Elle voulait le ramener à la vie. Tracy était partie depuis deux ans. Il était grand temps qu'il se reprenne en main et qu'il rejoigne le monde des vivants. Kai n'y avait pas cru quand elle avait appris qu'il avait intégré *Legendary Security*.

C'était une bonne chose. Elle avait entendu dire que Tyson avait quitté l'armée. Elle avait pensé que c'était la bonne décision. Dans son unité, c'était comme s'il avait cherché à mourir. Il acceptait toutes les missions, dépassant ses limites, allant toujours un peu plus loin, mais ne voulant pas qu'on le voie perdre le contrôle. Comme si rejoindre Tracy était le seul moyen pour lui d'envisager un avenir.

Une telle réaction n'était pas rare. Même si parfois, c'était l'inverse qui se produisait. Les soldats, terrorisés, devenaient trop prudents. Mais Tyson, comme d'autres avant lui, semblait défier le destin de le prendre aussi. Kai savait que Tracy serait horrifiée par le comportement qu'avait eu Tyson après sa mort. Il avait dépassé les bornes. Il avait essayé de lancer une enquête contre l'hôpital, contre les médecins qu'il jugeait responsables. Peut-être avait-il raison, mais Kai sentait qu'il n'était pas dans son intérêt de s'y attarder.

Tracy était morte à la suite de complications pendant son accouchement. Tyson était en mission. Elle était restée à la maison et le travail avait commencé avec trois semaines d'avance. Tyson avait prévu d'être là, mais finalement, Tracy était restée seule, jusqu'à ce que Kai arrive à la dernière minute. Le temps que Tracy reçoive les soins nécessaires, il était trop tard. Kai croyait que c'était la culpabilité qui avait poussé Tyson dans ses derniers retranchements.

Il n'avait raconté que le strict minimum aux membres de son unité. L'un d'eux avait dû le jeter au sol et s'assoir sur lui pour lui faire cracher le morceau. Ils l'avaient, alors, traité avec des gants. Bien sûr, à partir de ce moment-là, Tyson n'avait plus jamais été laissé tranquille. Fuir leur camaraderie était impossible, même pour lui.

Kai avait déjà entendu parler de cela concernant d'autres SEALs. Elle imaginait que ce n'était pas si extraordinaire. Certains divorcés avaient l'impression que leur monde s'arrêtait. Même si, au contraire, parfois, le divorce était comme une résurrection. Perdre un être cher, c'est plus dur que tout. Et quand on s'en voulait, c'était encore pire.

Tyson était un homme bien. Il avait fallu à Kai beaucoup de temps pour le reconnaitre. Elle était persuadée qu'aucun homme n'était assez bon pour sa meilleure amie. Finalement, peut-être, avait-elle agi ainsi, pour ne pas avoir à s'avouer qu'elle était, elle-même, attirée par lui. Des sentiments qui semblaient toujours aussi forts aujourd'hui. Elle soupira. Elle pensait avoir fait une croix sur tout cela. Mais le revoir, eh bien, c'était comme recevoir une flèche en plein cœur. Le mur, derrière lequel elle s'abritait, venait de s'effondrer…

Tyson avait aimé Tracy autant que Tracy l'avait aimé. Leur histoire avait été fulgurante. Ils s'étaient mariés en quelques semaines. Elle était tombée enceinte dès le premier mois. Tracy n'avait jamais fait les choses en douceur. Elle était flamboyante, passionnée. Tyson n'avait probablement aucune idée de ce qui l'avait frappé. Ces montagnes russes s'étaient soldées par un désastre. Kai n'était pas sûr que Tyson ait eu le temps de comprendre tout ce qu'il avait vécu.

— Kai, c'est génial, s'exclama Jace.

Elle rayonna.

— N'est-ce pas ? J'ai adoré participer aux tests. J'ai aidé à mettre en place les scénarios, les différents réglages, les armes… C'est ma contribution à la recherche et à la conception. Et bien sûr, maintenant, je suis très impliquée dans le marketing. Je connais beaucoup de gens dans l'industrie. Avec l'expérience que j'apporte, il est facile de peaufiner ces prototypes pour que nous en bénéficions tous.

Jace approuva.

— Je ne m'attendais pas à découvrir quelque chose d'aussi à la pointe. Tyson et moi ne sommes là que depuis quelques jours. Nous sommes venus à la demande de Michael et sur l'offre de Levi, bien sûr.

Il lui fit un sourire en biais.

Elle se souvint des histoires qu'elle avait entendues sur lui : mortel, mais pointilleux. Elle aimait bien cet aspect de sa personnalité.

— Levi a bien fait, chuchota-t-elle. Je suis ravie de voir Tyson ici.

Jace glissa un regard vers son pote et hocha la tête.

— Oui. C'est une bonne chose pour lui. J'espère que ça lui donnera un nouveau souffle.

— Ça n'a pas l'air de fonctionner pour l'instant, lâcha-t-elle en riant.

— En fait, il ne s'est pas encore vraiment installé. Malgré l'accueil qui nous est fait, il s'assoit à part, seul et se contente d'observer tout le monde avant de s'éclipser à la première occasion.

Kai se retourna pour l'étudier.

— Tracy était ma meilleure amie, mais, pour Tyson, elle était tout.

— Et Tyson… c'est le genre de gars qui traîne les pieds.

— Il s'est quand même montré à la hauteur avec leur mariage et sa paternité.

— Je me suis toujours demandé si tout n'avait pas été trop rapide entre eux, ajouta-t-il, calmement.

Elle acquiesça.

— Je me suis posé la même question, mais Tracy a su dès qu'elle l'a vu. En ce qui la concernait, tout le reste n'était que perte de temps.

Jace sourit.

— Je me souviens de la première fois que Tyson l'a rencontrée. Il avait l'air complètement bouleversé. Pas autant qu'après sa mort, cela dit. Il n'a plus jamais été le même.

Kai se leva, saisit un sandwich sur l'un des nombreux plateaux qu'Alfred leur avait apportés avant de reprendre la parole :

— Tyson a dû s'adapter rapidement à tout ce qu'était Tracy. Puis il a dû s'adapter encore plus vite huit mois plus tard. Mais il fait face. C'est ce qui compte.

Ice et Levi avaient une discussion animée à l'autre bout de la salle. Kai ne savait pas si elle était concernée ou non ;

elle espérait que ce n'était pas le cas. Les objets qu'elle avait apportés aujourd'hui étaient des affaires réglées. Elle voulait juste s'assurer qu'Ice et Levi étaient satisfaits. Elle croyait fermement en ces outils pour améliorer leur entraînement. Elle avait encore quelques tours en réserve. Mais pour l'instant, elle pensait que les hommes étaient assez bien préparés.

Elle consulta sa montre et grimaça.

— Je dois partir au plus tard d'ici une heure ou deux. Si vous avez des questions, nous pourrions peut-être organiser un échange informel dès maintenant ?

Elle fut entourée, immédiatement.

— Combien de niveaux de difficulté ?

— Peut-on en ajouter plus ?

— Peut-on changer les armes ? L'arme change tout.

— Peut-on jouer dehors ?

Les questions s'enchaînèrent. Kai rit.

— D'accord, voyons si je peux vous fournir une sorte de notice. J'ai des documents à vous distribuer, mais je sais que vous préférez entendre les choses de vive voix. Pour l'instant, il y a trois niveaux. Avec, à l'intérieur de chacun, différents paliers de difficulté pour chaque scène. Actuellement, il y a trois scénarios : un dans des bois, un dans des bidonvilles et un dans un environnement urbain. Nous prévoyons d'ajouter des lignes ennemies, comme derrière des lignes terroristes. Nous pensons également créer une mise en situation dans une grande ville, au milieu de gratte-ciels, avec des tireurs d'élite. Enfin, nous en imaginons encore d'autres, comme celui des garde-côtes…

Des exclamations et des murmures se firent entendre à propos de ces suggestions, ce qui la fit sourire.

— Je suppose que vous aimez votre nouveau jouet.

— C'est vraiment génial, déclara Stone.

Elle avait toujours eu un faible pour ce grand gaillard. Le fait qu'il marche maintenant, dans la vie avec sa superbe prothèse, de la même façon qu'il marchait lorsqu'il avait une jambe en chair et en os, la rendait d'autant plus admirative. Bien sûr, le fait qu'il ait une compagne qui semblait l'adorer autant qu'il le méritait avait grandement facilité cette adaptation. Kai jeta un coup d'œil dans la salle et réalisa que presque tout le monde était en couple.

Un groupe de femmes se tenait sur le côté. Elle savait que certaines travaillaient en ville. Le manoir était une communauté en pleine effervescence. Elle ne savait pas comment Alfred s'y prenait. Elle avait entendu dire, que l'une des femmes travaillait avec lui maintenant. Ses pensées revinrent vers les hommes.

— Bon, pour ce qui est des armes… vous avez plusieurs choix. Elle se dirigea vers l'une des grandes caisses qu'elle avait apportées. Elle la posa sur le sol et l'ouvrit.

— Nous avons une arbalète, un Beretta, un fusil d'assaut et un revolver de service de la police. Si vous avez d'autres besoins, faites-le moi savoir. Nous ferons ce que nous pourrons. Nous devons passer par toute une procédure, assez complexe, pour mettre en place une nouvelle arme, mais c'est de plus en plus facile. Et, je comprends… Comme vous, j'ai des préférences…

— Que penses-tu d'un couteau ? demanda Stone.

— C'est une suggestion intéressante, répondit-elle, surprise.

— Nous en portons tous un sur nous, expliqua-t-il. Il est difficile de s'entraîner suffisamment à leur usage.

Elle s'accroupit à côté de sa mallette et réfléchit.

— Ce sera beaucoup plus difficile.

Elle se concentra, mais ne parvint pas à se l'imaginer.

— Je vais en parler avec l'équipe de conception et voir ce qu'ils proposent. Vous avez mon adresse électronique et je vous laisserai des cartes de visite. Les suggestions sont toujours les bienvenues. Au fur et à mesure que vous découvrirez les programmes et les niveaux de difficulté, etc., vous pourrez nous faire part de vos idées, de vos propositions d'améliorations… Et… Si vous voulez nous insulter pendant que vous vous faites botter le cul tous les jours, nous serons ravis de l'entendre aussi.

Devant les ricanements et les grognements, Kai s'esclaffa.

— Honnêtement, c'est pour vous que c'est fait, alors ce serait génial d'avoir de vos nouvelles.

À ce moment-là, son téléphone tintinnabula. Elle le sortit, vérifia le numéro et son sourire s'effaça. Elle lut le texto.

Quelle est ta décision ?

Elle remit précipitamment son téléphone dans sa poche et tenta de se ressaisir. Avec ce connard qui la traquait en permanence, elle ne devrait même pas être ici. Elle ne savait pas s'il était sérieux ou si c'était un imbécile. Elle avait déjà contacté la police. Dans sa société, tout le monde savait ce qu'il se passait. Elle ne voulait impliquer personne. Ce n'était pas son genre. D'ailleurs, elle ne s'était encore jamais trouvée dans une situation dont elle ne pouvait pas se débrouiller seule. Ça n'allait pas commencer maintenant. Les gars avaient d'autres questions. Quarante bonnes minutes plus tard, elle s'échappa vers son véhicule.

Kai était montée à bord de son véhicule et mettait le contact lorsqu'elle aperçut Tyson dans l'embrasure de la porte, en train de l'observer. Son cœur s'accéléra. Maudit soit cet homme. Même maintenant, il avait l'air perdu. Et pourtant, elle doutait que quelqu'un d'autre qu'elle puisse le percevoir. Il n'apprécierait certainement pas que quelqu'un s'en aperçoive. La journée avait dû être difficile pour lui. Kai souhaitait que ce ne soit pas le cas, mais le simple fait de la voir devait lui rappeler Tracy. Tout ce qu'elle pouvait espérer, c'était que ces souvenirs ne soient pas trop douloureux.

Le fait d'être restée loin de lui n'avait pas diminué ses sentiments. Après l'avoir revu, Kai avait compris que rien ne le ferait jamais. Elle espérait que Tyson avait surmonté sa perte. Il avait eu tout le temps nécessaire pour. Elle avait patienté. Maintenant, elle ne pouvait plus que prier pour avoir la chance de découvrir si ce qu'elle ressentait était réel ou non. Et si Tyson était capable de ressentir la même chose pour elle…

Le problème, c'est que quelqu'un d'autre ressentait, apparemment, la même chose pour elle.

Chapitre 2

ELLE CONDUISIT JUSQU'À son travail et se précipita à l'étage. Elle n'arrivait pas à croire qu'elle avait passé autant de temps dans ce bâtiment. Lorsqu'elle avait quitté l'armée, elle avait souhaité un emploi qui ne l'obligerait pas à rester coincée dans un bureau toute la journée. Certes, elle partait rencontrer des gens, mais elle restait quand-même ici de nombreuses heures chaque jour. Trop, pour être honnête. Dans l'armée, elle avait été formatrice et avait passé beaucoup de temps à l'intérieur et à l'extérieur.

— J'en ai reçu un autre, annonça-t-elle d'une voix dure en traversant l'espace ouvert.

Les concepteurs qui se trouvaient à l'opposé de la pièce et qui regardaient quelque chose sur les écrans se levèrent d'un bond.

— Un autre ?

— Oui, un autre.

Elle sortit son téléphone pour leur montrer le texto.

— Vous voyez ?

Le téléphone passa entre leurs mains.

— C'est ridicule. Qu'est-ce qu'il veut que tu dises ou que tu fasses ? demanda Tommy.

Les couleurs flamboyantes de sa garde-robe n'enlevaient rien au fait qu'il avait encore plus d'acné que la plupart des jeunes de dix-huit ans. C'était un petit génie. À douze ans, il avait été surpris en train de pirater des fichiers gouvernementaux. Simplement, parce qu'il voulait vraiment savoir s'il y avait des ovnis dans la zone 51. Il avait fallu bien plus qu'une réprimande pour l'arrêter. Quand ils eurent décider de lui faire concevoir de nouveaux programmes d'entraînement militaire, il s'y était mis comme il aurait dû s'y mettre à l'école. Dès qu'il avait eu dix-huit ans, il avait intégré cette société. Beaucoup d'argent avait été investi dans leurs nouveaux programmes. Ils travaillaient en permanence sur de nouvelles créations. Lorsque Kai était entrée dans l'entreprise, elle avait insisté pour avoir des actions. Un programme d'investissement convenant à tous avait alors été mis en place.

Warren, le créateur de la société, s'approcha.

— Tu as reçu un autre texto ou c'était encore un e-mail ?

— Un SMS, répéta-t-elle.

Il secoua la tête.

— Transmets-le aux flics.

— Comme si le fait d'avoir transféré la dernière demi-douzaine de messages avait servi à quelque chose, ironisa-t-elle.

Le fait que la police n'ait pas pu retrouver l'expéditeur était irritant. Même si Tommy, le cyber-génie de la maison, n'avait pas eu beaucoup plus de chance. Les comptes étaient fermés dès que les courriels étaient envoyés. Retrouver cet enfoiré ne serait pas une mince affaire. Son harceleur avait apparemment des compétences informatiques, dont elle ne pouvait que rêver. Elle préférait de loin une bagarre à une cyberattaque sournoise.

— Une idée de ce dont il s'agit ? la questionna Tommy. Nous avons érigé plusieurs nouveaux murs et ajouté un cryptage à ton adresse électronique pour qu'il ne puisse plus y accéder… Tu dois sûrement avoir une idée de ce qu'il se passe, non ?

— J'aimerais bien, répondit-elle simplement.

— Qu'a pensé l'équipe de Levi du système de RV ?

Elle sentit son visage s'illuminer.

— Ils ont été stupéfaits.

Warren sourit.

— Voilà ce que j'aime entendre.

C'était l'un des avantages qu'elle apportait à l'entreprise. Un carnet d'adresses. Ces types avaient commencé avec une idée et, grâce à son aide, ils l'avaient testée, concrétisée et développée. Maintenant, c'était à elle de jouer. Il n'y avait qu'un nombre limité de personnes spécialisées dans l'entraînement militaire d'élite pouvant être intéressées. Un jour ou l'autre, ils seraient présents sur le marché des jeux ; mais, pour l'instant, il s'agissait d'aider des guerriers à s'entrainer pour défendre les leurs.

— Tu lui as demandé s'il y avait d'autres marchés ?

— Non, pas encore.

Le visage de Warren se décomposa.

— Nous ne pouvons pas fonctionner sans argent.

— Je sais, approuva-t-elle. Ne t'inquiète pas. Je déjeune avec Levi et Ice demain.

Le visage de Tommy se fendit immédiatement d'un sourire.

— C'est la femme de Levi, c'est ça ?

Kai acquiesça et garda ses pensées pour elle. Aucun de ces types n'était militaire.

— Elle est sa partenaire dans la vie et dans l'entreprise aussi, oui.

Elle se souvint de la raclée qu'elle avait reçue des mains

d'Ice. C'était une guerrière hors pair.

— Elle est aussi très séduisante, commenta Warren. Une très belle femme.

— Qu'est-ce qu'elle fait avec Levi ? demanda Tommy. Elle devrait être avec moi.

Warren ricana.

Les autres programmeurs se mirent à rire à gorge déployée. Kai secoua la tête en direction de Tommy.

— Ice te mangerait au petit déjeuner.

— Elle me mangerait au petit déjeuner… et, je la mangerais au déjeuner, plaisanta-t-il.

Sachant qu'il n'était qu'un mec, qui avait probablement pris exemple sur le comportement de Warren, Kai soupira.

— Je devrais te donner une leçon et l'amener ici.

Warren se leva d'un bond.

— Ce ne serait pas une mauvaise idée. Je ne serais pas contre le fait de la rencontrer.

Il se frotta les mains.

— Si vous saviez, leur jeta-t-elle en les dévisageant.

Le fait était qu'ils ne savaient vraiment pas. Ils ne comprenaient pas à quel point Ice et les femmes du domaine étaient différentes. À quel point, elles étaient des exemples. L'enceinte était remplie de soldats d'élite. Rien de moins que le meilleur ne serait acceptable pour eux. Elle savait que la plupart d'entre eux étaient des experts : en armes, en arts martiaux… Elle imaginait pourtant que certains ne l'étaient pas. Ce qui était sûr, c'était le fait que chacun, au sein du manoir, avait quelque chose de particulier à apporter. Il s'agissait d'hommes spéciaux. Aucun d'entre eux n'accepterait rien de moins. Kai souhaitait ardemment trouver sa place là-bas. Quelque chose dans cette atmosphère la rendait nostalgique… Ils avaient tous quelqu'un. Ils étaient tous à leur place. C'était exactement ce qu'elle désirait. Elle s'était sentie mise à l'écart pendant trop longtemps.

Ce connard de harceleur ne faisait qu'aggraver la situation. Elle se sentait de plus en plus isolée. Ses collègues en riaient plus qu'ils ne s'en inquiétaient. En elle, un sentiment de malaise s'installait, pourtant, peu à peu.

Son avenir était certes indécis, mais à chaque fois qu'elle essayait de se projeter, ce connard s'immisçait dans ses pensées. C'était irritant. Et effrayant.

Que voulait-il vraiment ?

— TYSON, QU'AS-TU pensé du programme d'entraînement en RV ?

Tyson fit face à Levi.

— N'ayant pas joué à beaucoup de jeux vidéo, il va falloir que je m'y habitue. Cela dit, c'était unique, différent…Je pense que ça a un énorme potentiel.

— Je ne suis pas sûr que l'expérience du jeu vidéo aide qui que ce soit dans un scénario comme celui-ci, déclara Stone. Nos propres expériences sont probablement plus utiles. J'aime beaucoup l'idée d'utiliser différentes armes. Elles sont toutes si différentes.

— Elles ont le même poids dans la RV que dans la réalité.

Rhodes étudia les armes sur la table.

— On dirait qu'ils ont utilisé le programme de modélisation 3D et qu'ils ont ensuite incorporé des poids précis pour tenter de nous donner la même sensation. Ce n'est pas encore tout à fait ça…

— C'est peut-être une bonne chose, commenta Ice. Personne ne souhaité confondre ces armes avec des vraies.

— Espérons que nos hommes n'auront jamais de vraies armes dans la salle d'entraînement de RV, s'esclaffa Levi.

— Nous savions que la salle était transformée en quelque chose, mais nous n'avions pas la moindre idée de ce que vous prépariez tous les deux, dit Flynn en souriant à Levi. Tu sais comment garder un secret. Pourtant, c'est pratiquement impossible ici.

Levi secoua la tête.

— Kai et moi sommes en discussion depuis un an. Mais il n'y a que trois mois que j'ai réalisé que le prototype était prêt à être testé en conditions réelles. Nous avons donc passé un marché.

Pour Tyson, c'était tout à fait logique. Il comprenait mieux comment Levi avait pu se le permettre. Ça devait coûter une petite fortune. Certes, leur société se portait incroyablement bien mais quand-même… Le groupe, au départ, ne comprenait que quatre membres et maintenant, il était énorme. Et *Legendary Security* continuait à se développer.

Bailey s'approcha, portant un plateau.

— Dommage que Kai soit partie. J'ai des biscuits frais. Et je sais comment toucher le cœur d'un homme, leur glissa-t-elle, riant.

Elle leur tendit le plateau. Mais avant que quiconque ne se serve, Ice s'avança et prit le plus gros. Elle gloussa en voyant l'expression d'indignation sur le visage de Levi.

— Je me suis dit qu'il valait mieux que j'en prenne un avant qu'il n'en reste plus.

— Tu as volé celui que j'allais prendre, ricana Stone.

— C'est celui-là que je voulais aussi, dit Levi avec dégoût. C'était le plus gros.

D'un ton suffisant, Ice déclara :

— Je peux en prendre un. Vous allez en manger au moins une dizaine. Ce n'est pas bien grave si les vôtres sont un peu plus petits.

Stone, la bouche pleine, opina au lieu de répondre.

Tyson devait admettre qu'il n'était toujours pas certain du prénom de chacun des habitants du manoir. Il connaissait la plupart des hommes. Mais pas vraiment les femmes. Elles étaient nombreuses. Certaines travaillaient en ville, d'autres ici, d'autres encore ne semblaient rien faire. Il avait conscience qu'elles étaient probablement actives ; il ignorait simplement encore quel était leur emploi. Il savait que Bailey œuvrait dans la cuisine parce qu'elle avait toujours un plateau plein dans les mains.

Elle se présenta, à ce moment-là, devant lui, avec les biscuits. Il sourit et dit :

— Merci beaucoup, Bailey.

Le sourire de Bailey s'élargit.

— Tu es de loin l'homme le plus poli, ici.

Cela déclencha une tirade de la part des autres.

— Le nouveau fait de la lèche pour avoir plus de biscuits, argua Logan. Je pars dans quelques heures, je devrais avoir un peu de rab.

Bailey lui tendit le plateau. Avant que Logan ne puisse en prendre un, Harrison en saisit plusieurs.

— Je pars aussi.

Se dirigeant vers la cafetière, Tyson se servit avant de se retourner pour admirer la merveilleuse camaraderie qui l'envahissait de manière si inattendue. Il n'avait jamais pensé voir quelque chose comme ça. Et c'était là, sous ses yeux, au milieu des gens qu'il connaissait. Il désirait se joindre à eux, mais en même temps, il restait à l'écart.

Jace se versa une tasse de café.

— C'est presque trop beau pour être vrai, murmura-t-il.

Tyson acquiesça.

— C'est bien ce que Michael nous a dit.

— Exactement.

Ils avaient fait confiance à Michael pendant de nombreuses années. Il ne les avait jamais déçus. C'était un soulagement de constater que cette fois encore, il avait raison. Le visage de quelqu'un d'autre revenait sans cesse dans l'esprit de Tyson. Kai. Elle était comme dans ses souvenirs : innovante, pleine d'énergie, une véritable pile électrique. Tracy avait l'habitude d'en rire et de dire que Kai n'avait qu'une seule vitesse. Il l'avait vue à l'œuvre à de nombreuses reprises et il ne pouvait qu'être d'accord.

Cependant, il avait perçu un changement dans son attitude, lorsqu'elle avait reçu ce message. Une inquiétude avait envahi son visage. Tyson avait alors remarqué le léger tremblement de ses doigts lorsqu'elle avait fait ses valises. Le volume sonore des conversations autour d'eux s'affaiblit, chacun engloutissant ses biscuits. Dans le silence, il s'enquit :

— Est-ce que quelqu'un d'autre a noté l'expression de Kai quand elle a reçu ce message ?

Une douzaine de têtes se tournèrent vers lui.

— Oui, répondit Ice. Mais c'était subtil. Il fallait être attentif à ses traits pour le remarquer.

Tyson acquiesça.

— Subtil ou pas, ce message l'a inquiétée.

— Comme nous, elle mène une vie bien remplie. Je suis sûr que certains aspects ne sont pas très agréables, commenta Harrison. Je doute qu'il s'agisse de problèmes avec des hommes. Elle s'occuperait de n'importe qui, lui donnant un peu de fil à retordre pendant ses cours.

Cette remarque suscita des rires, et des anecdotes passées, en lien avec Kai, furent racontées.

Tyson ne pouvait pas laisser passer ça.

— Elle avait l'air effrayée, insista-t-il à voix basse.

—À quel point ? demanda sérieusement Levi. Je n'ai pas vu son visage. J'étais à l'autre bout de la pièce.

Tyson étudia son nouveau patron. Il le connaissait bien, comme beaucoup de ses nouveaux compagnons. C'était un type qui n'avait pas froid aux yeux et qui prenait les choses au pied de la lettre. Tyson savait qu'il devait argumenter son propos.

— Terrorisée, dit-il fermement. Elle a blêmi, avant de se détourner. J'ai vu ses yeux. Ils étaient sombres, effrayés.

Levi se tourna vers Ice.

Ice haussa les épaules et ajouta :

—J'ai vu quelque chose, oui. Ce qu'il y avait dans ce SMS l'a dérangée.

— Mais elle n'a rien dit, alors je doute qu'il s'agisse d'une urgence, commenta Levi. Ce n'est pas comme si elle avait réagi physiquement, comme si un de ses proches avait eu un accident de voiture ou quelque chose comme ça.

— Non, ce n'était pas ça.

Tyson repensa à la façon dont Kai avait sorti son téléphone, presque hésitante, comme si elle ne voulait pas voir ce qui allait se passer.

— C'est déjà arrivé. Elle a peur que ça se reproduise.

Stone demanda :

— Mais quoi ? Que craint-elle de voir se reproduire ?

—Je n'en ai aucune idée. Mais je ne pense pas que ce soit quelque chose de bon.

Chapitre 3

KAI PÉNÉTRA DANS son appartement et jeta ses affaires là où elle se trouvait. Elle enleva ensuite ses bottes et, lorsqu'elle atteignit la salle de bains, se débarrassa du reste de ses vêtements. Elle entra sous la douche chaude et la laissa soulager ses muscles endoloris. Elle ne dormait plus. Elle travaillait jusqu'à l'épuisement et occupait chaque moment de son existence pour ne pas avoir à penser. Lorsqu'elle réfléchissait, cela lui faisait mal et faisait grimper son niveau de stress en flèche. C'était le douzième, voire le quinzième SMS qu'elle recevait. Les messages étaient tous les mêmes.

Choisis. Que vas-tu faire ?

Elle n'avait aucune idée du choix dont il était question, de ce qu'elle était censée faire. Dans son monde, il n'y avait ni dilemme, ni conflit, ni problème majeur. Au début, elle s'était dit qu'il s'agissait d'un mauvais numéro. Après la deuxième ou la troisième fois, elle avait répondu qu'il s'était trompé, qu'il fallait aller embêter quelqu'un d'autre. Les messages n'avaient pas cessé…

Elle coupa l'eau et se sécha avec deux serviettes en rejoignant la pièce principale de son petit logement. Lorsqu'elle avait quitté l'armée, elle avait eu le choix. Elle était habituée à vivre dans un espace réduit et n'avait pas vraiment envie d'acheter une grande maison. De plus, elle n'était pas intéressée par la vie de famille, n'en étant pas encore là. Son appartement lui semblait plus sûr.

C'était stupide. Elle avait d'excellentes compétences en matière d'autodéfense et avait passé des années à former des soldats aux dernières, aux meilleures armes disponibles sur le marché. Et voilà qu'elle se laissait lentement éroder par les SMS. Elle voulait se moquer d'elle-même, mais tout ce qu'elle réussissait à faire, c'était pleurer. Elle avait sans cesse l'impression d'être observée. Le sentiment d'être surveillée. Elle n'avait pas de formation en criminologie. Mais n'importe quelle femme sait à quel point un harceleur est dangereux. Comment avait-il obtenu son numéro ? Cela n'avait aucun sens. Se forçant à penser à quelque chose de plus agréable, elle songea à Tyson.

Il avait l'air de guérir. Par rapport à la dernière fois où elle l'avait vu, son état s'était considérablement amélioré. À l'enterrement de Tracy, c'était un homme brisé. C'était normal après de telles pertes. Le fait qu'il ait rejoint *Legendary Security* constituait un pas gigantesque. Dans ce cadre, il continuait à faire ce qu'il faisait le mieux : aider les gens, et il était entouré de l'équipe dont il avait besoin. Il était intéressant de voir que Jace était avec lui ainsi que Michael.

Ils avaient tous quitté l'armée après une mission particulièrement catastrophique. Plusieurs soldats avaient été blessés et le commandant blâmé. Sept blessés et un mort pour être précis. On avait fini par découvrir que, pour salir le dossier du commandant, quelqu'un les avait délibérément envoyés au combat sur la base de mauvaises informations. La vérité avait été découverte trop tard pour les sauver. Ce n'était qu'une goutte d'eau de plus, qui avait fini de désabuser ces militaires vis-à-vis de leur condition de vie et de leur mission. Tyson ne pouvait imaginer la vie des blessés de cette unité. Michael avait mis un an à s'en remettre. Kai ne les surveillait pas. Difficile de le faire alors qu'ils étaient si doués pour se cacher.

Mais elle était attentive à Tyson depuis toujours. C'était tout ce qu'elle pouvait faire. Elle avait promis à Tracy de garder un œil sur lui. Lorsque Tracy s'était rendu compte qu'elle ne survivrait pas, elle lui avait demandé de veiller sur lui. À l'époque, Kai n'avait pas pu protester. Qu'était-elle censée dire à son amie mourante ?

Elle avait acquiescé, tenu la main de Tracy, et promis tout ce qu'elle lui demandait, pour que ses derniers instants soient paisibles, pendant qu'elle attendait désespérément l'arrivée de l'ambulance. Tracy avait perdu connaissance assez rapidement après cette promesse, alors qu'elle était encore chez elle. Elle était morte moins d'une heure plus tard, à l'hôpital. Kai avait essayé de tenir parole. Au début, Tyson n'avait rien voulu savoir.

Elle lui avait téléphoné, s'était arrêtée chez lui… Mais il n'avait répondu ni au téléphone ni à la porte. Elle prenait de ses nouvelles par l'intermédiaire de leurs amis communs. Elle avait détesté le fait qu'il refuse de lui parler. Non seulement il se terrait, survivant comme un animal blessé, mais en plus, il ne voyait plus en Kai qu'un rappel de tout ce qu'il avait perdu. Comment pouvait-elle contester cela ? Pendant longtemps, tous les matins, elle s'était levée en s'excusant auprès de Tracy de ne pas avoir fait plus.

Jusqu'à ce qu'elle fasse enfin la paix avec elle-même et avec le fait que Tyson devait suivre son propre chemin. Cela ne signifiait pas pour autant qu'elle devait s'éloigner. Elle s'était contentée de surveiller la situation et avait même tendu la main à Michael à un moment donné. Après son départ de l'armée, elle avait perdu tout contact avec lui. Elle savait juste qu'ils étaient originaires de Californie et qu'ils vivaient maintenant tous au Texas.

Tant que Tyson allait bien, tout allait bien. Kai savait que Tracy serait triste de voir à quel point il avait souffert. Elle aurait été la première à lui donner un coup de pied aux fesses, à lui dire d'aller de l'avant. Elle aurait été aussi la première à l'encourager, à soutenir ses progrès. Il en avait fait beaucoup. Du moins, d'après ce que Kai pouvait en voir. Dire était une chose, mais faire en était une autre. Elle le savait bien.

Son téléphone tintinnabula de nouveau. Elle ferma les yeux et se pinça l'arête du nez. Elle n'avait aucune idée de la provenance du message. Cependant, au fond d'elle, elle sentait qu'il s'agissait d'un autre de ces textos. Elle consulta son téléphone et lut à haute voix :

Je sais où tu étais.

Elle s'enfonça lentement dans son canapé et fixa le texte. D'une voix forte et stridente, elle parla dans la pièce vide.

— Connard ! Dis-tu ça pour m'énerver ? Ou parce que tu me suivais ?

Cela signifierait qu'il connaissait son emploi du temps. Elle passa en revue tous les scénarios possibles et imaginables, tous plus angoissants les uns que les autres. Il devait la tourmenter pour une raison bien particulière. Elle ne comprenait pas. Et elle ne savait pas vraiment quoi faire.

C'est à ce moment-là que son téléphone sonna. Surprise, elle faillit le lâcher. C'était Warren, son associé. Elle pouvait lui parler.

— Warren, que se passe-t-il ?

— J'espérais que tu pourrais m'inviter au déjeuner de demain, avec Ice.

— Ça me semble plus personnel que professionnel.

— Tu sais comment ça marche. C'est du réseautage. Et

elle est canon…

— Qu'elle soit canon ou non n'a aucune importance. Sache que Levi te réduirait en petits morceaux et te donnerait à manger aux crocos si tu essayais de t'approcher d'Ice.

Kai essaya de garder un ton badin, au lieu de laisser éclater la colère qui l'habitait.

— Elle n'est pas non plus du genre à aimer qu'on parle d'elle ou qu'on lui parle de cette façon.

Il était hors de question que Warren tente quoi que ce soit avec Ice. Certes, elle n'avait pas besoin de la protection de Levi, mais si ce dernier apprenait que ce type lui courait après, il le remettrait à sa place sans détour.

— Tu n'en sais rien. Peut-être qu'elle préférerait faire affaire avec moi plutôt qu'avec toi.

Sa voix avait pris une intonation qu'elle ne lui avait pas souvent entendue, mais qu'elle détestait à chaque fois. On aurait presque dit un ricanement. Warren n'était pas quelqu'un avec qui Kai désirait travailler. Mais elle n'avait ni les fonds pour racheter ses parts, ni n'était en position de s'en aller.

— Laisse tomber. Ça n'arrivera pas.

— Tu veux juste la garder pour toi.

— Ice est une bonne amie, Warren. Il ne s'agit pas de la garder pour moi ou non. Nous nous fréquentons depuis longtemps, alors qu'aucun membre de leur équipe ne te connaît. C'est aussi comme ça que fonctionnent les affaires.

Le silence à l'autre bout du fil signifiait que Warren comprenait enfin qu'il était allé trop loin. Il soupira.

— Tu as raison. Je suis juste frustré. Tu parles à tous les acteurs du monde militaire, pendant que, moi, je suis coincé dans mon bureau.

Les sourcils de Kai se haussèrent. Il s'excusait rarement.

Malgré tout, quelle que soit la façon dont ses collègues parlaient quand elle n'était pas là, elle ne tolérait vraiment pas leur manque de respect quand elle était là.

— Peu importe. Tu ne rencontreras pas Ice.

Sur ce, elle raccrocha. Puis inclina sa tête en arrière et gémit. Warren était inoffensif. Même s'il était aussi très irritant. Ils l'étaient tous d'une certaine manière. Tommy était quelqu'un de bien. Malheureusement, il en était au stade de l'adolescence tardive où il sifflait les filles qui passaient, faisait des bruits grossiers, racontait des blagues graveleuses… Kai espérait toujours que ses employés se ressaisiraient, s'uniraient, pour devenir l'entreprise rêvée, dont elle avait besoin. Le fait est qu'ils possédaient tous les composants d'un ensemble incroyable d'équipements. Jusqu'à présent tous les produits qu'ils avaient mis au point étaient époustouflants. Ils étaient plus que précieux, que ce soit pour l'armée ou pour les membres de l'équipe de Levi. Elle était heureuse d'avoir contribué à leur mise sur le marché. Du moins, en ce qui concernait le prototype de Levi.

Rangeant son téléphone, elle se leva et s'habilla rapidement avant de se rendre dans la cuisine pour se préparer du café. Elle en avait déjà bu plusieurs au manoir. Elle aurait presque pu s'en injecter pour atteindre la quantité de caféine dont elle avait besoin régulièrement. Dès que sa tasse fut remplie, elle se dirigea vers son ordinateur portable pour consulter ses courriels. Le premier provenait d'une de ses amies, hôtesse de l'air, qui séjournait souvent chez Kai et voulait savoir si elle serait en ville, le mois prochain. Kai lui écrivit rapidement en retour. Les suivants étaient plus axés sur les affaires. Elle répondit de son mieux. Pour la plupart, il s'agissait simplement de clients potentiels qui s'informaient sur les délais de disponibilité des produits. Elle appréciait cette partie de son activité. Kai était enthousiasmée par le nouveau projet de RV qu'ils étaient en train de développer. Il lui était facile d'en parler. Dès lors, son travail était moins axé sur la vente et plus sur les relations d'affaires. C'était une bonne chose.

Les trois derniers messages ressemblaient à des spam. Pourtant, ils étaient arrivés dans sa boîte de réception principale. Kai en ouvrit un pour voir l'aperçu. Elle déglutit difficilement. C'était une photo d'une porte d'entrée. Celle de l'immeuble dans lequel elle vivait.

Elle se ressaisit pour étudier l'adresse de l'expéditeur, tout en sachant que le compte serait déjà fermé. Elle posa ses coudes sur la table et appuya son front sur ses mains. Ce connard savait où elle vivait… Elle n'était pas certaine de vouloir ouvrir les deux autres, mais elle n'avait jamais été du genre à faire l'autruche. Sachant qu'elle devait vérifier, elle cliqua sur le deuxième, et bien sûr, il contenait une photo de la porte de son appartement. Clair comme de l'eau de roche…

— Ok, connard. Je vois que tu sais où j'habite.

Le troisième courriel était un peu plus déconcertant. Il s'agissait d'une photo de son véhicule avec sa plaque d'immatriculation.

— Tu sais où j'habite et tu peux m'atteindre à tout moment, énonça-t-elle à voix haute.

Kai se pencha en arrière pour réfléchir à tout cela. Il fallait qu'elle vérifie à nouveau ses armes. Elle le faisait chaque semaine. Sous son oreiller, elle avait le vieux revolver de service de son père, datant de ses années dans la police. Dans le placard, il y avait un fusil de chasse qui avait appartenu à son grand-père. Mais, elle n'avait pas de munitions pour lui.

Elle n'avait eu ni le temps ni l'envie de s'en procurer. Elle voulait vraiment clore ce chapitre de sa vie.

D'ailleurs, elle l'avait fait. Elle avait acheté des parts de la société et s'était mise au travail.

Dans son véhicule ? Elle n'avait rien. Il était temps pour elle de penser à porter, en permanence, une arme de poing. Lorsque Kai avait quitté l'armée, elle avait cessé de penser en termes d'arsenal. Elle avait été heureuse de s'éloigner de cet univers. Elle en avait fait pleinement le tour et était reconnaissante de vivre selon un autre modèle, dorénavant.

Malgré son envie d'expérimenter quelque chose de complètement nouveau, cela avait nécessité une sacrée adaptation. Mais Kai s'y était habituée et n'avait jamais regardé en arrière. Maintenant, un tout autre combat se présentait. Maîtriser le sentiment de malaise qui l'habitait était difficile. Elle avait beau être douée, cela n'arrêterait pas ce connard surtout si son harcèlement s'intensifiait. Il semblait bien décidé à s'en prendre à elle.

Kai transféra les trois courriels aux policiers chargés de son dossier. Quelques minutes plus tard, elle reçut un appel.

— Bonjour, c'est l'inspecteur Mannford. Je vous appelle à propos de vos envois. Avez-vous une idée concernant leur expéditeur ?

— Bonjour inspecteur. Vous me posez toujours la même question et je vous fais toujours la même réponse : non, pas la moindre. Si je savais qui en est l'auteur, vous n'auriez pas besoin de me le demander. Je vous aurais directement indiqué son nom.

— Leur envoi remonte à environ deux heures. En fait, ils ont été expédiés à une heure d'intervalle. Vous ne les avez pas vus plus tôt ?

— J'évite de consulter ma messagerie lorsque je suis en

réunion. J'ai passé la majeure partie de ma journée chez *Legendary Security*. J'ai, d'ailleurs, reçu un autre SMS là-bas. Ensuite, je suis retournée au bureau, avant de rentrer chez moi et de découvrir ces courriels.

Elle fronça les sourcils en réalisant qu'elle n'avait pas non plus consulté ses courriels au travail. Elle haussa les épaules.

— Je suppose que j'étais un peu distraite. Normalement, je consulte ma messagerie au travail, mais, aujourd'hui, je ne l'ai pas fait.

— En ce qui concerne le nombre de courriels reçus, je doute que cela fasse une grande différence. Je soupçonne qu'il agit ainsi juste pour vous tourmenter. Les autres messages, étaient-ils, exactement, les mêmes que le premier ?

— Oui, mot pour mot. Sauf le dernier. Je peux vous les transférer aussi, si vous voulez.

Elle lui fit parvenir rapidement.

— Faites-le. Nous les mettrons dans votre dossier.

— Vous n'avez jamais réussi à retrouver l'expéditeur d'un seul d'entre eux, n'est-ce pas ?

Kai savait que c'était un fait. Tommy avait essayé. D'après lui, il n'y avait aucun moyen d'en retrouver l'auteur, à ce stade. Il avait tenté de lui expliquer comment les téléphones portables pouvaient être achetés et jetés pour un coût dérisoire. Des appareils inidentifiables sur lesquels on pouvait passer un unique appel. Tommy avait déclaré : *Dans ce monde technologique, si quelqu'un veut être un connard, il peut en être un très gros.*

Comme si Kai avait besoin d'entendre ça.

TYSON S'ASSIT DEVANT son ordinateur, ouvrit sa boîte électronique et commença à rédiger son avis sur le système de

RV. Ils étaient tous passés dans la nouvelle salle d'entraînement. Chacun avait trouvé quelque chose nécessitant une petite retouche. Tyson ne savait pas si sa découverte avait de l'importance ou non, mais il s'était dit que les programmeurs voudraient la connaître. *Lorsque je me tournais vers la gauche après avoir effectué un certain appui, un point noir apparaissait. J'ai répété la manœuvre plusieurs fois. À chaque fois, cela s'est reproduit. J'ai donc pensé que c'était dans le code du programme.* En essayant de s'expliquer par écrit, Tyson se rendit compte de la bêtise de sa démarche. Il attrapa son téléphone, chercha le numéro de Kai et l'appela. Quand elle répondit, d'une voix hésitante et calme, Tyson lui demanda :

— Je t'ai réveillée ?

— Non, pas du tout.

Il l'écouta s'éclaircir la gorge et s'excuser :

— Je suis désolée. J'ai la gorge irritée. Je vais juste boire un peu de café.

Il l'imaginait parfaitement prendre sa tasse et en avaler une gorgée. Son cou se mouvant avec force et vivacité, comme tout le reste de son corps. Il était vraiment idiot. Il l'entendait encore lui dire : *J'ai toujours été à cent pour cent. C'est juste que Tracy était à cent cinquante pour cent. J'avais toujours l'air un peu moins bien que ma meilleure amie.* Lorsque Tyson avait vu Kai aujourd'hui, elle lui avait beaucoup rappelé Tracy. Ce même amour exubérant de la vie. Il se demandait comment il avait pu croire que Kai avait quelque chose de moins. Bien sûr, au début, elle avait été piquante, mais ensuite, elle s'était adoucie. Entre Tracy et elle, Tyson avait noté des similitudes. Avant, à ses yeux, Tracy avait toujours brillé un peu plus. En étudiant Kai aujourd'hui, il se rendait compte qu'elle était plus calme.

Bien que toujours aussi vivante, elle était toujours brillante, à la pointe de la conversation. Quand elle parlait tout son corps s'animait. Alors que lui était silencieux, assis en retrait et lui adressant rarement la parole. Alors que Kai était le centre de l'attention, elle n'en avait pas besoin, mais avec une telle énergie, tout le monde gravitait autour. C'est ainsi que Tyson la percevait.

— Ok, c'est mieux. Encore désolée, dit-elle d'un ton badin. Qu'y-a-t-il ?

— J'ai trouvé une faille dans le programme, énonça-t-il à voix basse. Je l'ai testé plusieurs fois et c'est apparu à chaque fois.

— Bien, c'est exactement ce que nous avons besoin de savoir. Bien sûr, nous préférerions qu'il n'y ait pas de problème. Mais, ça va nous permettre d'être encore plus performant. Qu'as-tu trouvé et où ?

Tyson lui expliqua en détails.

— D'accord, d'autres problèmes ?

— Non, pas que j'ai vu. Si j'en ai l'occasion, j'essaierai encore demain.

— Si tu as l'occasion ? Tu pars en mission ?

— Oui, dans deux jours, précisa-t-il. Mais la salle de RV est un peu occupée en ce moment…

Il sourit malgré lui lorsque son rire retentit librement, remplissant non seulement son oreille mais toute la pièce. Kai possédait une telle joie de vivre.

— C'est agréable à entendre.

— Reviendras-tu ? lui demanda-t-il.

Puis il fronça instantanément les sourcils. Mais enfin, pourquoi avait-il posé cette question ?

— Au manoir ? Je n'en suis pas sûre. J'ai rendez-vous avec Ice pour déjeuner demain.

— Je vais aller en ville avec elle. Nous avons beaucoup de choses à faire.

— Tu déjeunes avec nous ?

Tyson analysa sa question, tentant de déceler un signe de déception ou de contrariété, mais il n'y parvint pas. C'était juste de la curiosité. Il ignorait s'il devait se sentir heureux ou triste.

— Je ne sais pas trop ce qui est prévu. Un chargement arrive. Ice pourrait parfaitement te rencontrer seule, pendant que nous serons en train de faire d'autres choses.

— Si tu veux te joindre à nous, ce sera avec plaisir. Tu es toujours le bienvenu.

— Merci. Nous verrons comment se passe la journée.

Un silence gênant s'installa entre eux.

Finalement, Kai annonça :

— Je dois aller me chercher à manger, je te rappelle plus tard.

— D'accord, conclut Tyson avant de raccrocher et de regarder son portable en pensant *quel idiot tu fais !*

Il inclina sa tête vers l'arrière et réfléchit. Parmi toutes les femmes, avec lesquelles il pouvait recommencer à sortir, la meilleure amie de Tracy n'était probablement pas le choix le plus sain. Mais, avait-il vraiment le choix ? C'était la seule qui l'intéressait, depuis très longtemps. Il savait que l'équipe s'en inquiéterait. Que ses compagnons craindraient qu'il ne s'intéresse pas vraiment à Kai, mais qu'il s'accroche au fantôme de Tracy.

Il avait réalisé un énorme travail d'introspection depuis qu'il avait perdu sa femme. Il avait consulté un thérapeute pendant des mois. Il n'en avait jamais parlé à quiconque parce que cela confirmait qu'il n'arrivait pas à digérer ce qu'il s'était passé. Il avait été tellement en colère, tellement bouleversé. La culpabilité l'avait paralysé. C'est la première chose sur laquelle son thérapeute avait agi. Au fur et à mesure de ses avancées, ils avaient abordé d'autres points. Tyson ne se sentirait jamais bien par rapport à cette perte. Mais, maintenant, il pouvait penser à Tracy, se souvenir de sa joie, sans ressentir cette vague, de colère et de frustration, qui l'avait envahi à sa mort.

On frappa fort à sa porte.

— Tyson ? Tu es là ? demanda Levi.

Tyson ouvrit la porte et le regarda.

— Oui.

— Peu loquace, sourit Levi.

Tyson haussa les épaules. Il ne comprenait pas la nécessité de faire la causette.

— Mannford vient de me contacter. Il voulait avoir la confirmation que Kai était là aujourd'hui.

Tyson fronça les sourcils.

— Apparemment, elle a un potentiel problème avec un harceleur. Elle a reçu plusieurs courriels et textos. L'un des messages d'aujourd'hui disait qu'il savait où elle était.

— A-t-il prouvé qu'il savait où elle était ?

— Non, mais il a envoyé des photos de la porte d'entrée de son immeuble, de son numéro d'appartement et de la plaque d'immatriculation de son véhicule.

— Quelqu'un l'a suivie jusqu'ici ?

— Ice vérifie les caméras de sécurité en ce moment même.

— Un traceur sur son véhicule ?

— Possible. Ice la retrouve demain pour le déjeuner. Je veux que tu prennes du matériel et que tu vérifies sa voiture.

— D'accord.

Après le départ de Levi, Tyson ferma sa porte et retourna

à son ordinateur portable. Un harceleur ? Kai ?

Comment était-ce possible ? Il passa en revue ce qu'il savait sur les harceleurs et se rendit compte que c'était insuffisant. Il entreprit donc des recherches pour obtenir plus d'informations.

Une demi-heure plus tard, ses connaissances s'étaient considérablement étoffées. Il savait maintenant que très souvent, le harcèlement dégénérait en quelque chose de bien pire. Dieu merci, Kai était une sacrée guerrière. Elle ferait la peau à n'importe quel homme qui essayerait de la kidnapper, de la violer ou de lui faire quoi que ce soit d'autre. Mais, elle restait humaine, sensible aux balles et aux drogues…

Pour la première fois depuis longtemps, Tyson commença à s'inquiéter pour quelqu'un. Il prit conscience que si personne ne l'aidait, Kai pourrait mourir, elle aussi.

Chapitre 4

POUR PASSER UNE bonne nuit, il fallait avoir l'esprit tranquille.

Ayant mal dormi, Kai se précipita sous la douche afin d'être à peu près réveillée pour commencer la journée. Quelques tasses de café plus tard, elle était suffisamment lucide pour savoir ce qu'elle devait faire. Elle passerait probablement la matinée au bureau avant de retrouver Ice pour le déjeuner. Kai jeta un coup d'œil à son appartement et considéra les courriels qu'elle avait reçus. Peut-être devrait-elle d'abord passer au poste de police. Elle ne voulait pas ni qu'on l'oublie, ni que sa plainte pour harcèlement soit jetée dans un coin. Peut-être que s'ils la voyaient de temps en temps, ils se souviendraient qu'elle était une personne et pas juste un dossier ou un numéro. Les flics faisaient ce qu'ils pouvaient, mais elle se sentait tellement impuissante.

Auparavant, lorsqu'elle avait dû faire face à des problèmes, elle avait eu une équipe à ses côtés. Des ordres à suivre. Maintenant, elle n'appartenait plus à une unité et devait demander à la police de faire le travail que sa section aurait fait à ses côtés. Elle se sentait mal à l'aise. Elle admettait que cela lui donnait un sentiment d'insécurité. Dans cet univers, personne ne se souciait d'elle, à part elle. Lorsqu'elle avait acheté des parts de la société de technologie, elle avait espéré que cette dernière deviendrait sa nouvelle famille.

Mais Mark était mort dans un accident et tout avait changé. Son décès lui avait enlevé son nouveau sentiment de sécurité, son sentiment d'appartenance.

Alors qu'elle était encore à fleur de peau, elle s'était efforcée de reprendre pied et de prendre la tête de l'entreprise sans le montrer ouvertement. C'est alors que le harceleur était apparu. À part rester sur ses gardes, surveiller son portable, prendre des précautions, Kai ne pouvait pas faire grand-chose contre lui. C'était tout le problème. Elle voulait une cible. Elle voulait quelqu'un à qui se confronter. Mais il n'y avait personne.

Plus elle réfléchissait, plus elle se disait qu'elle ferait mieux d'aller travailler une heure plus tard et de commencer par aller s'exercer au stand de tir. Sa confiance en elle avait été mise à mal par cet homme. Le meilleur moyen d'y remédier était de reprendre le contrôle. Elle avait besoin de ne plus se sentir victime. L'entraînement au tir est l'un des meilleurs moyens de se sentir autonome. En quittant l'armée, elle avait également perdu ses partenaires d'entraînement. Pour la première fois depuis longtemps, elle réalisa que ses compétences n'étaient peut-être pas aussi bonnes qu'elles devraient l'être. Elle avait besoin de passer du temps sur le système VR.

Elle envoya un message rapide à Warren pour l'avertir qu'elle arriverait au bureau avec une heure de retard. Elle prépara ses affaires et se rendit au stand de tir local. Elle y était membre et faisait partie des habitués. Lorsqu'elle entra, Johnson la salua. Elle signa le registre et se dirigea vers l'arrière.

Il l'interpella :

— Mauvaise matinée ?

— Pire que ça, mais ça va changer, rit-elle.

C'était pourtant vrai, quarante minutes plus tard, après avoir battu à plate couture les cibles, son bras était désormais un peu affaibli, alors que son sentiment d'invincibilité, de capacité, était intact. Elle réalisa qu'elle était prête pour recommencer la journée.

— Tout va bien maintenant, annonça-t-elle à Johnson en sortant.

Il secoua la tête.

— Le monde est malade. Il faut surveiller ses arrières.

Elle lui jeta un regard surpris, se demandant s'il comprenait à quel point cet avertissement était vrai pour elle. C'était probablement un commentaire qu'il aurait lancé à n'importe qui. Kai se dirigea vers sa voiture, songea de nouveau aux photos que le harceleur avait prises. Elle ne trouva aucune trace autour de son véhicule, ni aucun dégât. Elle s'allongea sur le sol, vérifia si quelque chose n'était pas manifestement déplacé, endommagé ou présentait une menace visible. Elle ne trouva rien. Savait-elle seulement à quoi ressemblaient les derniers gadgets ?

Elle aurait dû demander à Levi que quelqu'un vérifie son véhicule. Mais cela nécessiterait une explication et elle n'était pas douée pour cela. Tout le monde disait Kai invincible. Personne n'oserait l'attaquer. Elle les frapperait durement s'ils le faisaient. À un moment donné, elle avait cru en cela. Pourtant, les menaces assidues étaient comme un papier de verre fin qui émoussait sa confiance en elle. Le résultat était affreux.

De retour au bureau, elle rattrapa la paperasse qui s'y trouvait, répondit à des courriels et attendit que le reste de l'équipe arrive. Comme personne ne venait, elle leur envoya des SMS.

J'ai manqué une fête ?

Au bout de quelques minutes, Tommy répondit :

Tu as écrit qu'on avait un jour de congé.

Elle regarda le texto avec surprise.

Quand ?

Ce matin. Tu as dit que tout le monde avait travaillé dur. Que l'on pouvait prendre un jour de congé. Nous l'avons tous mérité. Alors s'il te plaît, ne change pas d'avis maintenant.

Son cœur se mit à battre la chamade. Elle l'appela. Quand Tommy lui répondit, elle annonça :

— Je n'essaie pas d'être un connard de patron, Tommy, mais je n'ai pas envoyé de texto ce matin.

Il y eut un silence à l'autre bout du fil.

— Tu n'as pas envoyé de texto ?

— Non, lui affirma-t-elle fermement. Et tant que mon problème de harcèlement ne sera pas résolu, tout le monde doit me parler personnellement de chaque courriel et de chaque message censé provenir de moi. Je n'ai rien contre le fait que tout le monde prenne un jour de congé, mais je n'enverrais jamais un texto pour dire cela. Que quelqu'un l'ait fait m'effraie au plus haut point.

— Logique, commenta-t-il, sérieusement. Cela signifie que le harceleur connaît tes contacts. Beau travail.

Sa voix contenait comme une accusation... Kai sursauta, surprise.

— Hé, je t'en ai parlé il y a longtemps. Alors pourquoi me blâmer ?

— Je ne t'en veux pas. C'est juste qu'il a obtenu toutes les informations de contact de mon téléphone aussi, gémit-il.

— C'est une mauvaise chose ?

Kai secoua la tête. Elle pouvait gérer une balle perdue et la plupart des armes, le karaté étaient d'une grande aide pour gagner un combat... Bien sûr, elle avait également appris beaucoup de sales tours lors de son entraînement. Mais bon sang, cette histoire de technologie était vraiment déroutante.

— S'il sait ce qu'il fait, c'est certainement une catastrophe. Jusqu'à présent, il a fait preuve d'une certaine habileté.

— Je devrais peut-être avoir un téléphone intraçable comme le sien ?

— C'est une bonne idée. Nous ne l'avons jamais envisagé auparavant parce que cela ne semblait pas nécessaire. Ce n'est pas comme si tu étais un mannequin ou un personnage célèbre qui aurait des fans.

Elle se rassit et porta une main tremblante à son front.

— C'est tout ? Je ne suis pas assez célèbre pour être harcelée ? Tu penses donc que j'ai tout inventé ?

— Non, nous ne pensons absolument pas que tu aies menti. Mais en même temps, je croyais vraiment que ce type n'était pas sérieux. Maintenant qu'il est entré dans ma vie…

Elle se pencha en avant et regarda le bureau vide devant elle, là où Tommy s'asseyait normalement.

— Oh, je vois. Alors maintenant qu'il a touché à ton monde, tu es prêt à faire quelque chose ?

Devant sa propre amertume, elle grimaça. Elle n'avait pas l'habitude des crises de panique. Elle devait se calmer.

— Écoute, je ne peux pas te parler de ça maintenant. On en reparlera plus tard.

Au moment où elle s'apprêtait à raccrocher, il lui dit :

— Attends.

Elle regarda à nouveau le téléphone et répondit :

— Quoi ?

— On a encore un jour de congé ?

Elle lui raccrocha au nez. Dans la pièce vide, elle déclara :

— Ce serait bien qu'il vienne m'aider.

Elle s'assit, se demandant comment son merveilleux nouveau départ dans la vie s'était transformé en un tel désastre. Comment l'entreprise, le travail qu'elle aimait vraiment, s'était transformée en une collaboration avec des trous du cul du jour au lendemain ?

Elle savait que Tommy était un adolescent arrogant, mais il ne l'avait jamais touchée de la sorte auparavant. Il était parfaitement logique qu'il ne s'inquiète pas d'un harceleur. Il vivait dans l'innocence. Il ignorait le côté obscur. Dans une certaine mesure, elle aussi. Mais l'armée lui avait montré à quel point le monde était laid. Voir ce que les gens se faisaient les uns aux autres... Pourtant, cela n'avait jamais été dirigé directement contre elle. Elle n'avait jamais été pointée du doigt comme elle l'était maintenant. C'était un tout autre problème.

Elle pouvait rester assise ici et attendre l'heure de son rendez-vous avec Ice ou bien faire quelque chose de productif. Elle devait d'abord prendre des nouvelles de Warren.

— Pourquoi Warren ne m'a-t-il pas contactée lorsqu'il a reçu ce message ? demanda-t-elle à la salle vide.

Elle composa son numéro et attendit que le téléphone sonne. Lorsqu'elle tomba sur sa messagerie, elle se dit qu'il avait dû recevoir le même message, l'invitant à prendre un jour de congé, même s'il était copropriétaire de l'entreprise. Normalement, elle se serait attendue à un coup de fil virulent de sa part. Surtout après leur conversation d'hier soir. Warren était radin à bien des égards et il n'avait pas l'habitude de donner un jour de congé à son personnel.

N'ayant rien d'important dans ses courriels qu'elle ne puisse reporter à un autre jour, elle se leva et gagna le parking ouvert, situé sur le même palier, derrière leurs bureaux du deuxième étage. C'était très pratique et tout le monde y avait une place attitrée.

Elle marcha jusqu'à sa voiture, s'arrêta et regarda autour d'elle. Elle détestait ce sentiment d'être observée en permanence. Personne. Haussant les épaules, elle monta dans son véhicule et se dirigea vers son rendez-vous de midi avec Ice.

La banque et le restaurant, où Kai avait rendez-vous, se trouvaient tous deux dans le même petit centre commercial. Sa compagnie d'assurance s'y trouvait également. Elle s'y arrêta d'abord pour renouveler son assurance automobile. Elle se renseigna ensuite sur l'assurance-vie. Munie de brochures, bien plus qu'elle n'avait l'intention d'en lire, elle se rendit à la banque. Elle effectua ses opérations bancaires, puis retira de l'argent. Il semblait que plus personne n'utilisait d'argent liquide. En ce qui la concernait, elle préférait encore s'en servir pour certaines choses.

Au fond, elle craignait que ses cartes ne soient tracées. Si quelqu'un la pistait, rien qu'en localisant ses différents achats, il pourrait savoir où elle vivait… Elle avait été tentée de les geler. Mais au lieu de cela, elle prit assez d'espèces pour être tranquille pendant au moins une semaine, puis marcha jusqu'au restaurant. Ice n'était pas encore là. Kai commanda un café et s'assit près de la fenêtre. Elle avait de la paperasse à faire en attendant.

Lorsqu'une ombre se fit sur la table, elle leva les yeux, souriant. Mais son sourire se figea.

— Bonjour, Tyson. C'est bon de te voir.

— Vraiment ? murmura-t-il. D'après ton visage, on ne dirait pas.

— C'est juste que je m'attendais à voir Ice, protesta Kai. Quand j'ai vu un homme, sans te reconnaitre immédiatement, ça m'a un peu inquiétée.

Il se glissa sur le siège, en face d'elle.

— Inquiétée ? Ça a un lien avec le message qui t'a bouleversée hier ?

Kai le dévisagea, stupéfaite.

— De quoi parles-tu ?

Il fit un geste de la main, écartant ses protestations.

— J'ai vu ton visage quand tu as reçu ce SMS. Il est évident que son contenu t'a bouleversée.

Elle referma ses dossiers, les fourra dans son sac et saisit son café.

— Je ne vois pas de quoi tu parles, lui rétorqua-t-elle, ne sachant pas si elle pouvait se confier à lui.

Elle avait besoin de l'aide de quelqu'un.

— Tu sais très bien de quoi je parle. Mais pour l'instant, tu ne me fais pas confiance et tu penses que la grande méchante Kai peut se débrouiller toute seule avec ses problèmes.

Elle ricana.

— Tout le monde rencontre des problèmes qu'il ne peut pas gérer seul à un moment ou à un autre.

— Donc tu as des problèmes que tu ne peux pas gérer seule ?

Quelqu'un s'approcha alors de leur table. Elle leva les yeux et vit Ice, accompagnée de Levi. Elle fronça les sourcils.

— Toute la bande est là aussi ? plaisanta-t-elle.

Ice s'assit à côté de Kai, et Levi face à elle, à côté de Tyson.

Il déclara :

— L'inspecteur Mannford a appelé hier soir, au manoir, pour vérifier que tu étais bien venue. Nous avons vérifié les images prises par les caméras, personne ne t'a suivie.

Le silence s'installa pendant un moment, le temps que

Kai se ressaisisse.

— Oh, fit-elle, d'une petite voix.

Elle regarda à travers la fenêtre pendant un long moment, puis lui fit face.

— Donc il n'était pas là ?

Levi secoua la tête.

— Nous avons vérifié tous les flux et ce depuis une heure avant ton arrivée jusqu'à la fin de la nuit. Aucun véhicule suspect. Rien à signaler de ce côté-là, précisa Ice.

— Eh bien, c'est déjà ça, déclara Kai avec une bonne humeur forcée.

— Ce qui nous amène à penser qu'il pourrait y avoir un mouchard dans ton véhicule, conclu Tyson.

Il tendit la main vers elle.

— Donne-moi tes clés.

— J'ai vérifié mais je n'ai rien trouvé. Cela expliquerait certaines choses.

Kai expira, sortit ses clés et les lança vers lui. Elle regarda Levi se lever pour permettre à Tyson de sortir. Lorsque Levi s'assit à nouveau, Kai leur jeta un coup d'œil.

— Vous devez vous demander de quoi il s'agit.

— L'inspecteur Mannford nous l'a déjà un peu expliqué, annonça Levi. Pourquoi ne pas nous en dire plus ?

— J'aimerais bien, mais j'en sais très peu, avoua-t-elle. J'ai commencé à recevoir des messages étranges depuis quelque temps.

Elle sortit son téléphone, afficha le dernier et le lui tendit.

— Constate par toi-même. Hier, après avoir quitté le domaine, je suis allée travailler quelques heures. Quand je suis rentrée, j'ai trouvé trois courriels. Chacun d'eux contenait une photo en lien avec ma vie privée. Le premier montrait la façade de mon immeuble. Le deuxième était un cliché de ma porte. Le troisième était une photo de mon véhicule, garé dans mon parking.

— *Je sais où tu vis. Je connais ta voiture. Je peux venir te chercher à tout moment.*

La voix d'Ice était froide mais douce.

Kai grimaça et acquiesça.

— Oui. C'est ce que j'ai pensé aussi. J'ai tout envoyé aux flics, comme à chaque fois. J'ai passé une très mauvaise nuit. Ce matin, je me suis réveillée en tremblant. Je suis allée au stand de tir et je me suis entrainée, dit-elle avec un sourire radieux. Je me suis sentie mieux. Un peu plus tôt, j'avais envoyé un message à Warren, mon associé, pour le prévenir que j'aurais une heure de retard. Il n'a pas répondu. Lorsque je suis arrivée au bureau, il n'y avait personne. J'ai contacté Tommy, mon petit génie, et je lui ai demandé où était la fête parce qu'apparemment je l'avais manquée. C'est là que ça devient un peu plus inquiétant…

Levi et Ice se rapprochèrent un peu.

Kai poursuivit, s'enfonçant dans son siège :

— Tommy m'a dit qu'il avait reçu un message de ma part, disant que tout le monde pouvait prendre un jour de congé, que la société se portait bien et qu'ils le méritaient tous. Bien sûr, que le texto ne vienne pas de moi ne l'a pas inquiété, gémit-elle. J'ai essayé d'appeler Warren parce qu'il n'avait pas répondu à mon premier message. Je savais qu'il aurait fait une crise s'il avait vu celui sur la prise de congé. Je n'ai pas obtenu de réponse. J'ai décidé que je n'avais plus rien à faire au bureau et je suis partie faire quelques courses en attendant notre déjeuner. Je traitais de la paperasse quand Tyson est arrivé.

Levi recula.

— Eh bien, c'est un scénario intéressant.

Ice le dit un peu plus explicitement :

— Non. C'est une tempête de merde.

PENDANT QUE KAI prenait son café, en toute sécurité, avec Ice et Levi, Tyson se rendit à sa voiture. Il en fit d'abord le tour, prenant plusieurs photos. Il ne savait pas si Kai avait pris la peine de vérifier s'il y avait des dégâts ou non. Ensuite, il ouvrit la portière côté conducteur et regarda à l'intérieur. Les quatre portes ouvertes, il prit son temps pour vérifier s'il y avait un mouchard à l'aide d'un détecteur. Il ne trouva rien. Tyson poursuivit sa recherche avec le coffre : vide. Il continua.

Enfin, sous le véhicule, il trouva ce qu'il cherchait. Le véhicule était équipé d'un traceur LoJack. C'était un mouchard couramment utilisé sur les véhicules de location pour suivre leurs déplacements. Il en prit plusieurs photos, le laissant en place. De retour dans le restaurant, il se commanda un café et s'assit à côté de Levi. Il tendit son téléphone à Kai et lui annonça :

— On te suit à la trace.

Il vit le visage de la jeune femme pâlir. Kai se rassit et déglutit. Elle ne paniqua pas, ne cria pas. Elle étudia l'image, hocha la tête et dit :

— J'ai vérifié, mais je ne l'avais pas vu.

Elle entoura sa poitrine de ses bras.

— J'aurais dû le voir.

— Il était bien caché. Au moins tu as pensé à regarder, affirma Levi. Ce n'était pas ton domaine dans l'armée. Et puis, souvent, on ne voit pas ce qu'il se passe sous nos yeux… jusqu'à ce qu'il soit trop tard.

Son ton changea lorsqu'il ajouta :

— Pendant qu'on y est, j'ai besoin de voir ton téléphone.

Kai le sortit et le lui tendit. Le silence s'installa autour de la table alors que Levi le démontait rapidement. Il indiqua un petit point à l'intérieur. Cette fois-ci, le choc et la colère se lurent sur le visage de la jeune femme.

Levi laissa tomber le téléphone, éteint, sur la table.

— Il faut que tu t'en achètes un nouveau.

Elle baissa les yeux, frustrée.

— Pourquoi ? Le mal est fait.

— Non. Certes, il sait où tu as été, ce que tu as fait et comment tu l'as fait. Ce dont nous voulons nous assurer, c'est qu'il ne sache plus rien à partir de maintenant.

— Qui savait que tu venais ici ? demanda Tyson.

— Warren. Il était au courant pour notre réunion… et il voulait venir avec moi. C'est un con. Mais ça ne fait pas de lui un criminel.

Levi acquiesça.

— Peut-être pas, mais ça pourrait faire de lui un plus gros connard que tu ne le penses.

Kai gémit.

— Je n'aime vraiment pas l'idée de devoir étudier tous les membres de mon cercle, pour tenter de découvrir si l'un d'entre eux ne serait pas mon harceleur.

— Il y a de fortes chances qu'il ne fasse pas partie de ton cercle d'amis. Un harceleur est généralement exclu de ce niveau d'intimité. Cela dit, il est probablement suffisamment proche de toi pour savoir qui tu es, où tu travailles…

— Oui, approuva Kai. Cela signifie qu'il appartient à mes connaissances. Je dirige une entreprise fonctionnant beaucoup en réseau. Je rencontre énormément de gens. J'ai de nombreux contacts professionnels sur mon téléphone.

Levi ralluma le téléphone et copia le répertoire sur le sien.

— Je te les enverrai dès que tu m'auras envoyé ton nouveau numéro. Il devra rester confidentiel.

Tyson observa le visage de la jeune femme, qui avait du mal à réaliser à quel point sa vie allait changer.

— Merde.

Elle regarda par la fenêtre.

— Je suppose que c'est la première étape.

— Ton réseau doit être vérifié. Avec ton système de RV, ton entreprise est sur le point de devenir importante.

Kai fixa Levi.

— Vous vous rendez compte du nombre de militaires appartenant à ce groupe ?

— Combien d'entre eux ont des connaissances en informatique ? lui demanda Tyson. Combien ont eu accès à ton téléphone ?

Elle déglutit. Et secoua la tête.

— Beaucoup ont une expérience en informatique… Pour l'accès à mon téléphone portable… très peu.

— C'est la partie *très peu* qui nous préoccupe, releva Levi. Nous avons besoin de connaître leurs noms, la dernière fois que tu les as vus ainsi que le type de relation que tu entretiens avec eux.

Elle respira profondément.

— Cela prendra un moment.

Ice ouvrit son sac, en sortit un bloc-notes et un stylo et les poussa vers Kai.

— Nous ne sommes pas pressés.

Kai lui jeta un regard reconnaissant.

— Merci, mais ce n'est pas votre problème.

— Maintenant, si, déclara Tyson, à voix basse.

Elle lui lança un regard dur.

Il lui rendit son regard. Il n'avait pas l'intention de s'éloigner alors qu'elle avait manifestement des ennuis. Ce n'était ni son genre ni celui de Levi et Ice. Il savait aussi que dès qu'il rentrerait au domaine, tout le monde voudrait des nouvelles. Il se tourna vers Levi.

— Qui est le meilleur informaticien à la maison ?

Le terme *à la maison* sortit tout naturellement.

Ils n'y prêtèrent pas attention. Mais le coin des lèvres de Levi et d'Ice s'inclina lorsqu'ils se sourirent l'un à l'autre.

— Difficile à dire, ria Ice. Beaucoup d'entre eux pensent qu'ils sont les meilleurs. Et certains sont vraiment très doués… En ce moment, Stone et Harrison se spécialisent dans ce domaine. Et Tommy ? Y a-t-il un risque qu'il soit ton harceleur ?

—Mes seins ne sont pas assez gros, mon cul trop plat, mes jambes pas assez longues et surtout, je n'ai pas la personnalité d'une poupée gonflable, alors je dirais que non.

— Il est si nul que ça ? s'esclaffa Ice.

— Il a dix-huit ans. Il est arrogant et il pense que c'est l'incarnation de la femme parfaite. Je ne corresponds pas à ce profil, commenta Kai, d'un air amusé.

Elle fixa le bloc-notes et ne parvint pas à écrire un seul nom.

Tyson lui donna un coup de coude.

— Y a-t-il quelqu'un en particulier que nous devrions surveiller ?

Perplexe, elle leva les yeux vers lui.

— Je ne sais pas. Ces six derniers mois, j'ai été célibataire, totalement accaparée par mon travail… J'ai même refusé un rendez-vous pour prendre un café. Je n'ai pas remarqué ni que quelqu'un me suivait, ni ne me regardait bizarrement ou aurait été trop amoureux… Je n'ai aucune idée, décréta-t-elle en posant son stylo.

Chapitre 5

FIXER LA PAGE blanche était intimidant pour Kai. Elle réalisait qu'au cours des six derniers mois, elle n'avait aucune idée des personnes capables de faire ça, avec lesquelles elle serait entrée en contact.

— Il peut s'agir d'une connaissance aussi vague qu'un conseiller bancaire ou aussi proche qu'une relation d'affaires, déclara Ice.

— Ou qu'un ancien ami t'ayant peut-être recontactée, expliqua Tyson. Ou d'un militaire qui t'appréciait un peu trop. Il pourrait être un civil maintenant et avoir décidé de revenir pour voir si tu serais intéressée.

— Ça peut aussi être quelqu'un que tu ne connais pas, ajouta doucement Ice. Ça peut être quelqu'un, dans l'esprit duquel tu es parfaite. Décidé à ce que votre rencontre arrive d'une manière ou d'une autre.

— Mes recherches m'ont appris que les harceleurs peuvent avoir une manière de penser très étrange, précisa Tyson. Nous devons supposer qu'il est mentalement instable.

Ice prit une grande inspiration et acquiesça.

— Commence par tous ceux avec lesquels tu travailles. Connais-tu ton voisin ? Connais-tu le portier ? Connais-tu ton conseiller par son nom ? N'importe qui comme ça.

Kai prit son téléphone et consulta ses contacts.

Levi lança :

— Ne perds pas de temps avec ceux-là. Tous ceux qui figurent sur cette liste, nous les examinerons de près.

Elle leva le regard et l'étudia.

Sa voix était dure quand il insista :

— Vraiment.

Elle secoua la tête et dit :

— Je n'ai personne en dehors de cette liste. Les hommes présents dans mes contacts sont tous des connaissances professionnelles ou des amis. S'ils ne sont pas listés ici, c'est que je n'ai pas de liens avec eux.

— Alors dis-nous qui ou ce qu'ils sont et quelle est votre relation.

— D'accord.

La serveuse apporta les menus pendant qu'ils continuaient à travailler. Kai commanda la salade César et n'entendit pas le reste de la conversation, car elle réfléchissait à la longue liste.

Elle fixait un nom en particulier. Rob Goring.

— Je n'ai aucune idée de qui il s'agit.

Son regard passa de l'un à l'autre.

— Je sais qu'il y a beaucoup de gens dans mon répertoire, mais celui-ci ne me dit rien du tout. Pas plus que Ben Jones ou Thomas Getty, d'ailleurs.

— Eh bien, inscris-les avec un astérisque à côté de leur nom. Nous commencerons par eux, annonça Levi.

— Pourquoi ? lui demanda-t-elle, surprise.

— Il a eu ton téléphone assez longtemps pour y mettre un mouchard. Cela lui prendrait environ dix secondes pour ajouter son nom ou une demi-dizaine de noms dans ton répertoire.

— Evidemment, mais pourquoi ?

— Pour faire croire que vous êtes déjà amis, du point de

vue d'un flic ou d'un petit ami. Ou pour faire croire que tu as beaucoup d'hommes dans ton entourage. Et, avant que tu ne demandes à nouveau pourquoi, pense à toutes les raisons horribles pour lesquelles il ferait cela. Notamment pour faire croire que tu mérites ce qu'il t'arrive. Ses actions possèdent une certaine logique. Ce n'est pas parce que nous ne la connaissons pas qu'elle n'existe pas.

Kai eut envie de vomir, ses cheveux se hérissèrent sur sa nuque. Elle regarda son téléphone et leur confia :

— Je ne pense pas pouvoir déjeuner maintenant.

— C'est plus important que jamais.

Elle scruta Tyson avec colère.

— Je n'aime pas la direction que ça prend.

— Tu as de l'expérience. Tu sais à quel point les choses peuvent mal tourner.

Elle respira à pleins poumons, se remémora sa formation, ses années passées dans l'armée. Les propos de Tyson étaient vrais. Pour Kai, laisser ce monde derrière elle, avait été beaucoup plus facile qu'elle ne l'avait imaginé. Elle s'attendait à se sentir étrangère et mal à l'aise, alors qu'en fait, elle s'était débarrassée de cette vie avec joie. L'ancienne Kai ne correspondait pas à la nouvelle. Essayer de se glisser à nouveau dans cette peau lui était difficile.

— Tu ne seras plus jamais seule.

— Je ne fais confiance à personne, en dehors de vous. Je ne peux pas vous demander de l'aide.

— Arrête, ordonna Ice. Ce n'est pas un travail. Tu es notre amie.

— Ce n'est pas si simple. Vous allez y consacrer une tonne d'heures au bout du compte. Qui vous remboursera pour tout ça ? l'interrogea-t-elle.

Au fond d'elle-même, Kai était terrifiée. Leur offre lui

réchauffait le cœur.

— Je te dirais bien que nous prenons tout le temps des missions pro bono, déclara Levi. Mais je sais que cela t'énerverait. En même temps, je veux que tu sois énervée, alors… Je veux que tu regardes ce type et que tu le voies tel qu'il est. C'est un connard qui essaie de gâcher ta vie. Tu dois rester calme, garder le contrôle. Tu dois t'assurer que la peur ne prendra plus jamais le pas sur le reste.

Assimiler tout cela n'était pas facile. Soudain, le visage de son voisin apparut.

— Steve Rossi. Il occupe l'appartement en face de chez moi. Henry…

Elle réfléchit encore un moment.

— Henry Springer ?

Elle fronça les sourcils.

— Il était caissier. Il a toujours été un peu… Elle fixa Ice et haussa les épaules… Je ne sais pas, je dirais… Flippant.

— Bien. Continue.

Acceptant ce qu'elle avait à faire, Kai réussit à ajouter une demi-douzaine de noms sur la liste. Lorsque la serveuse revint avec leur repas, elle posa son stylo.

— C'est stupide parce que ces hommes n'ont plus aucun lien avec moi maintenant.

— Peut-être, peut-être pas, observa Levi en réceptionnant son assiette. Quelqu'un a forcément un lien avec toi.

— Je peux mettre en place une surveillance, proposa Tyson.

— De quel genre ? demanda Kai.

— Ce serait bien de voir ce qu'il se passe dans ta rue.

— Nous nous sommes renseignés auprès de l'inspecteur Mannford sur les positions des caméras de la ville. Elles ne sont installées qu'aux intersections principales, pas dans les rues résidentielles. De plus, la façade de ton immeuble est cachée par de grands arbres, si bien que les caméras municipales auraient du mal à prendre une image nette. Il s'agit d'un vieil immeuble doté d'un système de sécurité standard. Aucun système de surveillance haut de gamme dans les couloirs, les ascenseurs ou les cages d'escalier… Donc, c'est également une impasse, expliqua Tyson.

Kai le dévisagea.

— Tu es prêt à mettre quelque chose en place dès maintenant ?

Il acquiesça.

Elle prit une bouchée de sa salade.

— Nous pourrions aussi installer une caméra à l'intérieur de ma voiture. Comme ça, si quelqu'un s'en approche et pénètre dedans, nous le saurions. Il y a de fortes chances qu'ils en aient déjà la clé.

— Quand tu la ramèneras chez toi, gare-la et n'y touche plus.

— Je dois aller travailler et j'ai beaucoup de choses à faire en ville, précisa-t-elle, perplexe.

— Nous avons apporté deux véhicules, répliqua Tyson. L'un d'eux a été équipé de capteurs pour détecter les autres mouchards. Tu peux le prendre pendant une semaine environ. Pendant ce temps, nous verrons bien si quelqu'un essaie de pénétrer dans ta voiture ou de te filer de nouveau.

— C'est loin d'être juste, protesta-t-elle. Vous en faites beaucoup trop.

Elle regarda autour d'elle, mais ne rencontra que des visages butés. Elle haussa les épaules.

— D'accord, mais faites attention à ce que vous dépensez, abandonna-t-elle. Je verrai ce que je peux vous rembourser au fil du temps.

— Nous préférons puiser dans notre portefeuille plutôt que de te voir morte.

Kai réalisa à quel point ils étaient devenus de bons amis. Elle jeta un coup d'œil à Tyson et surprit ses yeux sombres et durs fixés sur les siens. Lorsqu'il lui fit un petit signe de tête, elle comprit qu'il s'incluait dans ce groupe. Elle sourit. Cette fois, son sourire était chaleureux et accueillant. Elle ajouta simplement *Merci.*

TYSON N'AIMAIT PAS du tout cette histoire. Ils devaient trouver ce type. Et vite.

— Ne reste jamais seule, décréta Tyson. Ce n'est pas parce que tu penses que personne au travail ne ferait ça, que ce n'est pas l'un d'eux. L'un d'entre eux pourrait être ton harceleur. Nous avons besoin d'une liste complète des personnes que tu emploies avec leur fonction.

Il attendit qu'elle lui jette un regard noir. Il comprenait qu'elle se soucie de leurs frais. Mais si Levi soulevait la question, Tyson était prêt s'en occuper lui-même, gracieusement. Il savait que Tracy serait sur son dos, qu'elle le pousserait à protéger Kai. Ce n'était pas parce qu'elle avait dû quitter cette vie prématurément que Kai, aussi, devait mourir à cause d'une négligence. Il déclara à Levi :

— Je sais que tu as prévu de m'envoyer en mission. Si quelqu'un peut me remplacer, je resterai avec Kai gratuitement.

Les pupilles de Levi se rétrécirent légèrement, tandis qu'il réfléchissait. Les protestations de Kai furent interrompues par le regard déterminé d'Ice.

Tyson ne quitta pas Levi des yeux. Il voulait garder son travail, mais il devait assurer la sécurité de Kai. Il ne savait pas à quel point Levi était au courant de leur histoire. Il approuva :

— D'accord. Nous reparlerons de la question financière plus tard.

— Non, Tyson. Tu as un travail à faire. Vas-y, objecta Kai.

Il lui fit face et déclara :

— J'en ai bien l'intention. Tu es ma mission maintenant.

Elle grimaça et s'enfonça dans son siège.

— Ce n'est pas ce que je voulais dire.

— Tu es dans un sacré pétrin. Nous allons t'aider à t'en sortir.

— Je m'en sortirai, répliqua-t-elle catégoriquement.

— D'accord. Et… comment crois-tu que Tracy se sentirait si je laissais sa meilleure amie se faire blesser alors que j'aurais pu agir ?

Kai ouvrit la bouche pour lui crier dessus, mais les mots ne sortirent pas. Elle murmura :

— Ce n'est pas juste.

— Je m'en fiche, tant que ça te permet de rester en sécurité.

Il faillit sourire devant sa moue. Elle ressemblait à une enfant venant de se faire gronder. Elle n'aimait pas la situation dans laquelle elle se trouvait. Il n'y avait aucun moyen de savoir si elle coopérerait ou non. Qu'importe, il ne la laisserait pas sans protection, d'autant plus que Levi lui avait donné son aval. Il se tourna vers son patron et le remercia.

Levi haussa les épaules.

— Quelqu'un doit rester collé à elle comme un chewing-gum. De toute évidence, vous avez un passé. C'est peut-être l'occasion pour le régler. Nous avons besoin de toi, Kai, pour expérimenter tes nouveaux jouets. Je ne veux pas, non plus, d'animosité entre vous deux.

— Ça n'arrivera pas, chuchota Tyson. Kai et Tracy étaient les meilleures amies du monde. Notre histoire est liée à la personne que nous avons, tous les deux, perdue.

— Je l'avais compris.

Levi saisit l'énorme hamburger patientant dans son assiette et commença à manger.

Tyson réalisa, soudain, quelle était la qualité de son repas, s'étonna de son appétit, prit son hamburger et s'y attaqua. Il remarqua que Kai jouait avec sa salade. Elle n'était peut-être pas à l'aise avec l'idée qu'il soit son garde du corps, mais elle s'en remettrait.

Ou pas.

Qu'importe.

Il n'irait nulle part.

Chapitre 6

APRÈS LE DÉJEUNER, Kai déclara :

— Laissez-moi au moins vous inviter. Ensuite, je retournerai au bureau.

— Pourquoi ? demanda Tyson. Il n'y a personne.

— Certes. Mais j'ai du travail et je pourrai m'y atteler pleinement parce que je ne serai pas dérangée par un million d'interruptions diverses et variées, rit-elle.

Il l'observa longuement, lentement, puis opina.

— D'abord, pendant qu'on est au centre commercial, on va te trouver un nouveau portable. Ensuite, nous garerons ton véhicule chez toi.

— Non. Ça va casser la routine. Normalement, je vais au travail. Nous devrions donc y aller en voiture et, à la fin de la journée, la déposer chez moi.

Levi s'immisça dans la conversation :

— Essayez de suivre une routine aussi normale que possible. Nous ne voulons pas faire savoir au harceleur que nous sommes sur son dos.

— J'aimerais bien que nous soyons sur son dos. Je n'ai aucun problème à combattre mes ennemis. J'ai juste besoin de les voir pour les frapper.

Elle paya le déjeuner tandis que les autres s'agitaient derrière elle. Dehors, Tyson s'avança devant elle. Elle essaya de le contourner, avant de se rendre compte qu'il l'avait délibérément bloquée. Elle murmura :

— Ce n'est pas un tireur d'élite.

— Comment le sais- tu ? lui demanda-t-il calmement.

Elle se figea. Au bout d'un moment, elle retrouva son calme.

— Tu as raison. Je n'en sais rien. J'essaie de l'ignorer, de le prendre à la légère et d'espérer qu'il disparaisse.

— C'est une possibilité. Ce serait bien. Même si je déteste penser qu'il va se cacher et recommencer avec quelqu'un d'autre.

— Ou qu'il revienne dans un an ou deux quand tu seras seule, ajouta Ice.

Dans un souffle, elle marmonna :

— Merde.

Elle se tourna vers Levi et Ice et les serra tous les deux dans ses bras.

— On se voit dans quelques jours.

Elle tenta de contourner le bloc inamovible qui se trouvait devant elle, mais se retrouva, une fois de plus, arrêtée.

Il lui tendit le bras et déclara :

— Ça ne lui ferait pas de mal de savoir que tu as un chevalier servant.

— Un chevalier servant ? Est-ce que c'est une expression courante ?

— Tracy a toujours dit que j'étais un dinosaure.

Kai grimaça.

— Elle ne le disait pas méchamment.

Il se retourna.

— C'est vrai. Mais cela ne change rien au fait que je suis qui je suis.

Arrivé à sa voiture, Tyson se dirigea vers le côté conducteur et lui ouvrit la portière. Kai se souvint de sa galanterie. Il prenait soin des dames, en particulier de celle avec laquelle il sortait. Elle attendit qu'il se rende du côté passager et s'installe à côté d'elle. Elle se remémora toutes les conversations au cours desquelles Tracy lui avait vanté ses mérites. À l'époque, Kai n'avait pas apprécié ces éloges. Elle le désirait. Mais, il était évident que Tyson n'avait d'yeux que pour son amie. Maintenant que Tracy était partie, Kai pouvait envisager une relation avec Tyson. Même si, elle ne le pensait pas prêt. Peut-être ne serait-il jamais prêt à être avec elle. Est-ce qu'il verrait toujours Tracy quand il la regarderait ?

Les derniers mots de Tracy hantèrent Kai une fois de plus. Comment pouvait-elle veiller sur lui alors qu'il ne voulait pas être autre chose que son garde du corps ? Les rôles étaient inversés : elle ne pouvait pas s'occuper de lui. Il était déterminé à s'occuper d'elle. C'était une mauvaise nouvelle. Le sens de l'honneur des SEALs, ce devoir de servir et de protéger, était très fort chez eux. La plupart des militaires l'avaient dans une certaine mesure, mais tous les SEALs qu'elle avait rencontrés le possédaient vraiment.

Sur les ordres de Tyson, elle alla d'abord acheter un téléphone, avant de les conduire au bureau, l'esprit préoccupé par toutes les choses qu'elle devait faire. Lorsqu'elle se gara sur le parking, elle fut étonnée de voir autant de véhicules.

— Apparemment, le bureau n'est pas vide.

— Tu t'attendais à ce que le personnel revienne ?

— Pas après avoir parlé à Tommy.

Elle descendit de l'habitacle, verrouilla sa voiture et amena Tyson jusqu'à une entrée latérale. À l'aide de ses clés, elle déverrouilla la porte extérieure du bâtiment et la lui ouvrit. Mais Tyson resta sur le parking, étudiant le stationnement des véhicules. Kai pouvait presque voir son cerveau cataloguer qui était là et comment. Elle ne serait pas du tout étonnée s'il mémorisait même les immatriculations. Lorsqu'il lui fit enfin face, il observa la porte d'entrée et le système de sécurité.

Elle lui fit signe et lui demanda :

— Es-tu prêt ?

Il entra et attendit qu'elle arrive derrière lui, elle le contourna pour lui montrer le chemin. Elle monta quelques marches, se retourna pour s'assurer qu'il la suivait et découvrit qu'il testait la porte derrière elle. Elle savait qu'elle devrait être reconnaissante, elle ne s'était jamais demandé si la porte se verrouillait automatiquement ou non. Lorsqu'elle se referma, le système de sécurité enclencha le voyant rouge situé au-dessus. Il l'étudia un long moment, puis se retourna et la suivit.

Kai s'interrogea sur le fait de posséder un tel esprit. Tracy disait toujours qu'il était presque pédant dans sa façon de penser. Très solide, très analytique, très minutieux. Kai n'avait jamais eu l'occasion de l'observer de près, comme maintenant.

Au deuxième étage, elle lui indiqua leurs bureaux et annonça :

— Nous sommes tout au bout.

Il ne prononça pas un mot, se contentant de la suivre. Elle testa la porte du bureau, elle était fermée à clé. C'était bizarre. Elle la déverrouilla, l'ouvrit, entra et se figea. Il n'y avait personne. Les mains sur les hanches, elle se plaça à l'entrée et considéra la disposition des lieux.

Derrière elle, Tyson demanda :

— Tout va bien ?

— Leurs voitures sont garées sur le parking, mais le bureau est vide.

— Réunion ?

— Sans doute, parce que la porte était fermée à clé.

Elle traversa le hall jusqu'à la salle de réunion et la trouva ouverte. Ses quatre employés étaient là, ainsi que son associé, Warren. Alors qu'elle s'approchait, elle l'entendit dire :

— Nous devons tenir compte du fait que quelqu'un ait pu pirater non seulement ses téléphone et courriels, mais aussi son accès au bureau. Nous devons donc tout verrouiller.

La colère l'envahit. Elle s'avança dans la pièce.

— Je ne ferais pas ça si j'étais vous.

Tout le monde se retourna pour la regarder. La culpabilité se fit sentir chez beaucoup d'entre eux.

Elle s'appuya contre le chambranle, croisa les bras et les dévisagea.

— Des expressions intéressantes. Que fais-tu, Warren ?

— Rien. Nous devons simplement assurer la sécurité de notre entreprise.

— En excluant l'un de ses propriétaires ?

Sa voix était mortellement douce.

Tommy grimaça.

— Nous ne t'aurions pas exclue complètement.

Son regard s'élargit soudain lorsqu'il regarda au-delà de son épaule. Il jeta un coup d'œil à l'un des autres salariés, Larry. C'était un bon ami de Tommy bien que moins brillant. Ses yeux se reposèrent sur Kai. Nathan et Jérôme étaient également copains. Ils n'étaient, cependant, pas aussi proches de Tommy que Larry.

— Je ne savais pas que nous avions un visiteur, lança Warren avec éclat. Son regard allant de Kai à l'homme qui se trouvait derrière elle.

Elle savait que Tyson serait là. Grand, compétent, le visage presqu'inexpressif, il était responsable du changement d'énergie dans la pièce. Rien de tel qu'un groupe de geeks qui se fantasmaient hommes et découvraient qu'il y en avait un vrai dans la pièce.

Tous se calmèrent, sauf Warren qui s'emporta. Il s'approcha, main tendue et proclama :

— Bonjour, je suis Warren. Voici ma société.

Tyson l'ignora.

Warren retira sa main et recula de quelques pas.

— Faux, répliqua Kai. C'est notre entreprise. Et si j'entends à nouveau parler de m'en interdire l'accès, alors nous parlerons de poursuites judiciaires. Vous voilà prévenus.

Elle sortit son téléphone, composa le numéro de son avocat et lui expliqua les actions de Warren.

— Je m'en occupe.

Elle raccrocha et fixa son partenaire visqueux.

Warren s'assit sur sa chaise dans un bruit sourd.

L'attention du reste du groupe se relâcha instantanément. Tommy dit :

— Hé, hé. Pas besoin de s'énerver. Il était juste inquiet.

— Vous avez organisé une réunion, à mon insu. Vous avez discuté de m'exclure de ma propre entreprise… prononça-t-elle, très distinctement. Où voyez-vous dans tout cela une bonne ambiance de travail ?

Les quatre employés se consultèrent. Larry prit la parole :

— Nous sommes désolés. Ce n'était pas notre intention.

Il y avait quelque chose d'étrange dans son ton. Pas tout à fait un ricanement, mais ce n'était pas fait pour calmer son irritation.

— Peut-être pas… De mon point de vue, je ne vois rien me permettant d'avoir confiance en vous. Ni dans vos paroles, ni dans vos actes, renifla-t-elle, méprisante.

Hautain, Warren déclara :

— Ne te mets pas dans tous tes états. C'est le problème

avec l'arrivée d'une femme à bord.

Kai aurait bien répliqué, mais elle avait déjà entendu cette phrase bien trop souvent. Elle sentit Tyson se raidir derrière elle. Elle savait qu'il ne comprenait pas. De toute sa vie, il n'avait jamais manqué de respect à une femme. Tracy ne l'aurait pas permis. Ice non plus. Et Kai doutait que quiconque dans son monde l'aurait autorisé.

Elle considéra Warren avec dégoût.

— Garde tes insécurités de mâle macho en échec. Toi et moi sommes sur le point d'avoir une discussion très franche, en face à face, sur ce que tu viens d'essayer de faire.

Il lui adressa un sourire sournois.

— Tes intérêts me tiennent à cœur. Mais l'entreprise ne va pas sombrer parce que tu as été laxiste.

— En quoi, Kai, a-t-elle été laxiste ? s'enquit Tyson.

Si elle n'avait pas observé le visage de Warren, elle ne l'aurait pas remarqué, mais suite à la question de Tyson, Warren grimaça et se recula légèrement sur sa chaise.

— En rien, affirma-t-elle.

Warren leva la main.

— Rien de personnel, étranger, mais j'ignore qui vous êtes. Pour ce que j'en sais, vous pourriez aussi être son avocat et je ne dirai rien de plus sans la présence du mien.

Elle sentit que leurs quatre employés les écoutaient avec anxiété. S'il se passait quelque chose au sein de la société, il y avait de fortes chances qu'ils soient licenciés. Elle voyait bien qu'ils suivraient Warren, sans en percevoir toutes les conséquences. Comme c'était le cas pour elle. Jusqu'à présent.

— Je ne pensais pas que tu essaierais de te débarrasser de moi. Cela change bien sûr la donne… Surtout avec l'affaire du harceleur. Je ne manquerai pas de donner ton nom aux flics, lui asséna-t-elle dans un fin sourire.

Elle l'observa en disant cela. L'étonnement, dans son regard, était si naturel qu'elle sut qu'il ne pouvait pas être le harceleur.

Warren leva les mains en l'air et objecta :

— Quoi ? Hé, non, je n'ai rien fait.

— Tu tires profit de la situation actuelle ? l'interrogea Tyson.

— Cela ne vous regarde pas. Je ne sais pas qui vous êtes, le tança Warren.

Tyson se présenta, les bras toujours croisés.

— Et quel rôle venez-vous jouer ici ? lui lança Warren d'un air narquois. Ce n'est pas parce qu'elle vous a amené au bureau que vous devez être au courant de tous nos secrets. Typique d'une femme.

Kai n'arrivait pas à croire les propos de Warren. Rien de ce qu'il avait dit ne correspondait à ce qu'elle connaissait de lui. Elle savait que c'était une fouine. Mais elle ne l'avait jamais vu attaquer aussi directement. Elle n'aimait ni ce qu'elle voyait, ni ce qu'elle entendait. Elle adorait cette entreprise, l'avenir qui s'y profilait. Cela lui importait beaucoup. Que Warren ait organisé cette réunion pour que son accès soit fermé, qu'il parle ainsi à Tyson, étaient deux choses tout à fait inacceptables.

Elle lui lança un regard noir.

— Tu es en train de creuser votre tombe.

— Oh, excuse-moi. Ce n'est pas parce que tu as acheté des parts de la société qu'elle t'appartient.

— Elle ne t'appartient pas non plus. N'oublie pas que j'en détiens cinquante et un pour cent.

Les hommes se redressèrent.

— Qu'est-ce qu'elle veut dire par *cinquante et un pour cent* ? Tu nous avais dit qu'elle n'en détenait que trente pour cent.

Elle contempla ses employés.

— Il vous raconte des conneries. J'ai acheté des parts, puis j'ai hérité de celles de Mark.

Kai fut distraite par l'attention immédiate que lui porta Tyson à cette annonce. Il sortit son téléphone. Ice devait enquêter sur la mort de Mark. Et se pencher sur Warren ainsi que sur toutes les autres personnes travaillant dans cette société.

Kai secoua la tête, se tournant vers son équipe pour la mettre au courant.

— Ce sont mes bailleurs de fonds qui ont investi. Donc, si je pars, tout part avec moi. Gardez cela à l'esprit la prochaine fois que vous ferez des réunions privées.

Elle tourna les talons et se dirigea vers son bureau.

— Tommy, as-tu touché à l'un de mes badges d'accès, à l'une de mes signatures ?

— Non, affirma-t-il en se précipitant vers elle.

Il murmura :

— Comment ça, tout partira avec toi ?

— Ils sont là grâce à moi. Quand je leur expliquerai ce qu'il vient de se passer, qui penses-tu qu'ils suivront ?

Il se passa la main dans les cheveux, nerveusement.

— Mon Dieu, ce travail, c'est tout ce que j'ai toujours voulu faire.

— Alors tu ferais mieux d'arrêter de prendre parti ou ce sera fini.

Il s'assit lourdement sur sa chaise.

— Ça craint.

Puis il se pencha et demanda :

— Kai, que fait ton gars ?

Surprise, elle se retourna pour regarder. Tyson ne se tenait plus à côté de Warren. Il faisait le tour complet du bureau.

— Il vérifie.

— Pourquoi ?

— Parce qu'il y a un harceleur sur mon dos, rétorqua-t-elle avec humeur. Je comprends que ce soit une grosse blague pour vous, que d'autres veuillent l'utiliser à leur avantage, mais en fait, un connard me harcèle ! Ça ne me fait pas rire du tout.

— Alors c'est un garde du corps ?

Entendant son intonation, Kai fit face à Tommy. Bien sûr, pour quelqu'un comme lui qui avait passé sa vie dans le monde des geeks, Tyson était bien plus qu'un homme. Son silence puissant disait qu'il pouvait gérer la vie, peu importe ce qu'on lui jetait à la figure. Tommy, lui, était incapable de gérer quoi que ce soit et, quelle que soit la situation, il était perdu. Elle voyait bien comment Tyson pourrait devenir une sorte de modèle pour lui. Et c'était un peu une blague aussi.

— Quelque chose comme ça, répondit-elle amusée. Et bien plus encore.

— Tu l'as engagé ?

— Non, c'est un vieil ami.

Tommy lui fit un grand sourire.

— Un ami.

Elle roula des yeux, essayant de se souvenir du manque de maturité de ce jeune homme de dix-huit ans et confirma :

— Oui, un ami.

— DE VIEUX amis ? marmonna Tyson dans sa barbe.

Ce n'était pas faux. Ses sentiments à l'égard de Kai étaient très partagés. À l'époque, il avait été attiré par elle.

Mais Tracy avait un petit je-ne-sais-quoi, qui lui avait emprisonné le cœur d'une manière qu'il n'avait pas pu ignorer.

Avant la mort de Tracy, Kai avait toujours été en retrait. Solide, fiable, une très bonne amie pour elle. Kai avait fait partie de la famille et pourtant non. Il était difficile de croire qu'il avait été marié à Tracy moins d'un an. Une année de sa vie au cours de laquelle il s'était marié, avait perdu son enfant et sa femme. Il l'appelait l'année de l'enfer.

Le fait que tout cela se soit produit au cours d'une même année rendait les choses encore plus difficiles. Il avait rencontré Tracy lors d'une soirée du Nouvel An. Il était tombé amoureux immédiatement. Mais elle n'était plus là. Et Kai l'était.

Une Kai incroyablement séduisante…

Il se remit à étudier les fenêtres du bureau. Il devait être difficile pour quiconque d'entrer ou de sortir de cet immeuble, à moins de passer par les portes principales. Malgré tout, il avait vu beaucoup trop d'actions militaires pour ignorer le fait que, les gens déterminés faisaient ce qu'ils voulaient, quand ils le voulaient. Et, avec les compétences, la bonne personne pouvait faire pratiquement tout ce qu'elle voulait.

Tout en marchant vers elle, il demanda :

— Combien d'étages dans ce bâtiment ? Quatre ?

Kai opina.

— Avez-vous accès au toit ?

Elle fronça les sourcils, son regard se portant sur les fenêtres, puis sur lui.

— Je ne sais pas, nous pouvons aller jeter un coup d'œil.

Tyson regarda autour de lui.

— Je vais voir. Garde ton téléphone avec toi.

Il lui tendit la main et elle la fixa un instant.

— Qu'est-ce que tu veux ?

— Tes clés. Je veux fermer à clé de l'extérieur en partant.

Elle grimaça, fouilla dans son sac et en sortit son trousseau, qu'elle lui donna. Alors qu'il se dirigeait vers l'entrée, elle savait qu'elle allait être assaillie de questions par son personnel.

Tommy se tourna vers elle.

— Est-ce qu'il vient de nous enfermer à l'intérieur ?

Elle lui jeta un coup d'œil et haussa un sourcil.

— C'est drôle, c'était fermé quand je suis arrivée.

Il la regarda, étonné.

— Vraiment ?

— Vraiment.

TYSON SOURIT EN entendant la conversation à travers son oreillette. L'émetteur était attaché à la chemise de Kai. Il ne lui en avait pas parlé lorsqu'il l'avait placé là. Il avait prévu de le faire, mais ils avaient découvert le bureau fermé à clé et ensuite, les choses s'étaient dégradées. Il pouvait entendre les conversations en direct et était également connecté à une unité d'enregistrement qu'il avait laissée dans le bureau avec sa veste. Il était hors de question qu'ils prennent le moindre risque.

Il examina rapidement la cage d'escalier et l'ascenseur. Rien d'anormal. Ce dernier aurait besoin d'être un peu entretenu. Il grinçait, Tyson détestait ça. Il vérifia la sortie sur le toit et ne trouva aucun signe inquiétant ou alarmant. Dehors, c'était une chaude journée d'été. La chaleur se reflétait sur le toit. Il était dommage que les gens ne fassent pas un meilleur usage de cet espace. Il pourrait y avoir un jardin, un endroit où les occupants des bureaux pourraient venir. Mais il s'agissait avant tout d'être rentable, de louer à des gens qui paieraient en temps et en heure. Cela n'avait rien à voir avec le fait de rendre la vie des travailleurs aussi confortable que possible.

Il fit un tour complet, se plaça à peu près au-dessus du bureau de Kai et regarda par-dessus bord. Il n'y avait aucun indice révélant une présence récente. Il n'y avait aucun signe de quelqu'un envisageant de s'approcher de cette position.

S'il ne vérifiait pas, Tyson manquerait à son devoir. D'autres immeubles de bureaux se trouvaient à proximité. Certains plus hauts. Il imaginait qu'au moins l'un d'entre eux avait une vue plongeante sur celui de Kai. C'était un sujet d'inquiétude. Il captura plusieurs vues aériennes, en veillant à les prendre de tous les côtés du bâtiment. Il les envoya à Ice pour un diagnostic plus approfondi. Il redescendit ensuite et se dirigea vers le bureau.

Les portes de l'ascenseur se refermèrent juste au moment où il s'en approchait. Son instinct le poussa à se diriger vers la cage d'escalier. Il ne faisait pas du tout confiance à Warren. Dès qu'il y avait de l'argent en jeu, les gens faisaient des choses étranges. Au deuxième étage, il franchit la cage d'escalier à l'instant où la porte latérale s'ouvrait sur le parking. Il vit l'ascenseur se refermer quand il passa devant.

Il observa Warren se diriger vers son véhicule. En passant devant lui, il téléphonait, en colère. Tyson le vit monter dans une voiture de sport, démarrer et partir. Il mémorisa la plaque minéralogique, puis retourna auprès de Kai pendant qu'il envoyait l'immatriculation à Ice afin qu'elle puisse le retrouver.

En entrant, il vit les quatre membres de son personnel regroupés autour d'elle. Il écouta leurs questions. Manifestement, ils cherchaient à être rassurés.

— Écoutez. Je ne peux pas vous en dire plus. De toute évidence, Warren et moi devons parler, en présence de nos avocats. Vos emplois sont-ils garantis ? Je ne sais pas, dit-elle simplement. Laissons de côté toutes les pensées négatives jusqu'à ce que nous puissions régler nos différends.

— Facile à dire pour toi, répliqua Tommy. Tu as de l'argent.

— Non, je n'en ai pas. Je l'ai investi dans cette société, tu te souviens ?

Ils reculèrent tous.

— Je travaille, tout comme vous. De longues et dures journées. J'ai travaillé dans l'armée pendant des années et je n'ai pas été beaucoup payée non plus. Même après toutes mes années de dur labeur, le seul argent que j'ai eu pour investir dans cette boîte, c'est l'héritage de mes grands-parents.

Elle se leva, déposa des piles de dossiers sur la table et déclara :

— Et si nous faisions en sorte que cette entreprise réussisse ? Évitons qu'elle ne tombe dans l'oubli, que je perde tout et que vous perdiez vos emplois !

Tyson s'adossa à l'un des murs et étudia les employés. Il savait maintenant qui était Tommy ; pour les trois autres, il voulait des noms. Il ne ressentait aucune mauvaise énergie de leur part. Mais cela ne voulait pas dire grand-chose. Ils étaient tous assez proches pour faire ce qu'ils voulaient. Informatiquement, ils étaient tous assez intelligents pour réaliser tout ce que le harceleur de Kai avait fait.

Kai leva les yeux, le vit et sourit. Il détestait le fait qu'instinctivement son cœur se réchauffe et que son estomac se noue. Elle avait toujours été spéciale. Tracy l'avait torturé avec toutes les vertus de Kai, jour après jour. Finalement, il lui avait dit, en riant, qu'il aimait suffisamment Kai pour que Tracy arrête d'essayer de la lui vendre, sinon il pourrait la prendre à sa place. Tracy s'était alors tue. Il s'était rendu compte de l'erreur qu'il avait commise un jour ou deux plus tard, lorsqu'elle lui avait demandé s'il était sérieux. Il secoua la tête à ce souvenir.

En s'approchant, Kai demanda :

— Tu secoues la tête. Ça ne va pas ?

Il lui fit un sourire en biais et lui répondit :

— Des souvenirs.

Son sourire s'effaça et elle acquiesça.

— Ils arrivent toujours au mauvais moment, n'est-ce pas ?

— Pendant longtemps, ils sont survenus à chaque moment de la journée, pas seulement aux mauvais moments, alors c'est déjà beaucoup plus facile.

— Je suis heureuse de l'entendre, répliqua-t-elle chaleureusement. Ces deux dernières années ont été difficiles.

Il lui indiqua les hommes qui l'entouraient.

— J'ai besoin de leurs noms.

Elle grimaça.

— Oui, je sais. J'aimerais que Warren soit le harceleur, mais j'en doute.

— C'est peu probable. Il aime les jouets brillants. Dans son esprit, tu pourrais être ternie.

Cela lui arracha un rire. Mais elle approuva.

— C'est un point de vue intéressant, je pense que tu as raison.

— Malheureusement.

Chapitre 7

KAI S'ASSIT DANS son fauteuil et se plongea dans une pile de documents et de courriels. À côté d'elle, Tyson travaillait depuis son téléphone. Elle n'aimait pas particulièrement travailler sur un petit écran. Elle utilisait une tablette lorsqu'elle n'était pas à son bureau.

Finalement, elle consulta sa montre et le questionna :

— Il est 16 heures 30. Es-tu prêt à partir ?

— Quand tu veux.

Elle se leva et éteignit les écrans d'ordinateur.

— Bon, les gars, on y va, cria-t-elle depuis le seuil de son bureau à ses employés qui se trouvaient dans la pièce voisine.

— Nous aussi, répondit Tommy.

Elle leva les yeux et découvrit les autres debout. Ils attendaient. Tommy haussa légèrement les épaules et lui expliqua :

— Nous nous sommes sentis un peu idiots quand nous avons réalisé que quelqu'un en avait vraiment après toi. Si Tyson est là pour veiller sur toi, c'est que nous aurions dû le faire depuis le début.

Elle lui fit un grand sourire et lui dit :

— Merci.

— Il ne faut pas qu'un deuxième chef meure, déclara Jérôme. Il ne nous resterait plus que Warren.

Il fit semblant de trembler.

Elle rit.

— Ce ne serait pas si mal. Mais il n'aime pas vraiment les gens.

Nathan, le quatrième membre du groupe, confirma :

— Non. Vraiment pas. Comment se fait-il qu'il ait eu besoin de toi pour arriver là ?

— C'est une bonne question. Je suis arrivée là parce qu'il était fauché. Mark était un de mes amis. L'entreprise était au bord de la faillite, leur raconta-t-elle calmement. Mais je doute fort que Warren vous l'ait fait savoir.

— Non, nous ne le savions pas.

Ils la regardèrent avec stupeur et échangèrent des regards.

— Mark était un ami de longue date. Il m'a suggéré l'investissement, sachant où j'en étais dans ma vie et connaissant mon passé. Comme vous le savez, j'étais instructeur en armement au sein de l'armée. Nous en avons déjà parlé. Grâce à cette expérience, j'étais toujours à la recherche de moyens d'améliorer mes méthodes. Mark et moi en avons discuté et je leur ai proposé un marché. Je savais que Mark était d'accord avant d'en parler à Warren et, heureusement, Warren l'était aussi. Puis Mark est décédé. Maintenant, Warren pense peut-être que c'était une mauvaise affaire. Il pourrait bien vouloir changer la situation.

— Ce n'est pas cool.

Elle haussa les épaules.

— C'est le business.

Elle ouvrit la porte et fit sortir tout le monde. Pendant qu'ils attendaient, elle ferma à clé.

— Ok, j'espère qu'on est bon jusqu'à demain matin.

— Vous ne gardez rien de vital dans les locaux ? Tommy a tout mis en sécurité et tout est verrouillé, n'est-ce pas ? demanda Tyson.

— Oui. Nous avons non seulement des sauvegardes, mais aussi un service de cloud hors site. Nous ne pouvons pas prendre le risque que ce type de travail de RD soit volé.

— Je comprends, acquiesça Tyson.

Dehors, il regagna sa voiture, s'appuya sur le capot et dit :

— Fais comme si tu me parlais. Je veux qu'ils partent avant nous, que nous soyons les derniers.

Elle opina, surprise.

— D'accord. Alors peut-on au moins parler du dîner ? Je sais que j'ai déjeuné, mais je ne suis pas sûre d'avoir apprécié. Et je ne me souviens pas avoir mangé grand-chose. Mon estomac crie famine.

Il sourit.

— Je connais un restaurant de fruits de mer. Ils ont une franchise en Californie. Cela te conviendrait-il ?

Son visage s'illumina.

— Codfather's ? J'adore cet endroit.

Il rit.

— Je crois que c'est Tracy qui me l'a fait découvrir. Nous allions tout le temps dans celui de Californie.

— C'est moi qui lui ai fait découvrir.

Son visage changea et son regard balaya le parking vide.

— D'accord, c'était le dernier véhicule. Les autres bureaux de l'immeuble restent-ils ouverts tard ?

Elle haussa les épaules.

— Je n'en ai aucune idée.

— Avez-vous envisagé de déplacer l'entreprise ? Vous avez besoin de plus d'espace pour la recherche et le développement.

— Je sais. Je ne suis pas sûre que nous ayons les fonds nécessaires…

— C'est vrai.

Il étudia le plan du bâtiment, prit d'autres photos.

— Je veux surveiller.

— Tu penses que nous sommes suivis ?

Elle déverrouilla les portières et se glissa derrière le volant.

— Je pense que ton harceleur sait déjà que tu as un homme dans ta vie. Sa prochaine préoccupation sera de savoir à quel point je suis impliqué.

Elle lui jeta un regard étonné en sortant du parking.

— Tu crois qu'il sait déjà que tu es ici à mes côtés ?

— Sans aucun doute.

TYSON COMPTAIT SUR le fait que le harceleur était au courant de sa présence. Ce qu'il ignorait, c'était ce que ce connard attendait de Kai. De nombreuses recherches avaient été menées sur les harceleurs. Mais cela ne signifiait pas que tous suivaient le même schéma. En vérité, la plupart d'entre eux pensaient que, pour une raison ou une autre, leur cible était faite pour eux. Souvent, ils pensaient même qu'elle le savait, mais qu'elle jouait les difficiles ou les rejetaient. Ces deux scénarios étaient très dangereux pour la victime.

S'il s'agissait d'un harceleur vengeur, c'était une tout autre histoire. Tyson pouvait s'en occuper. Il était alors question d'hommes énervés, en colère, qui préféraient tirer sur leur victime dans un parking plutôt que de recourir à la torture psychologique. Mais Tyson pouvait se tromper et il ne pouvait pas se le permettre. Il n'était certainement pas un psychologue spécialisé dans les harceleurs.

— Tu sais si tu as eu un intrus dans ton appartement ?

Elle le considéra, effrayée.

— Non, je ne crois pas.

— Tu le saurais si quelqu'un y entrait ?

Elle s'engagea sur la route principale en y pensant.

Il appréciait cela. La dernière chose qu'il voulait, c'était qu'elle rejette ses questions comme n'étant pas pertinentes.

— Non, je ne le saurais pas. Je suis occupée et je n'ai pas de système de sécurité spécifique. Je n'ai pas installé de pièges pour voir si quelqu'un entrait par effraction. Je ne suis pas souvent chez moi. Lorsque je rentre, je suis tellement fatiguée que je me contente généralement de prendre une douche et de dormir. Je n'ai pas préparé de repas dans ma cuisine depuis des mois, et même là, il s'agissait de manger sur le pouce avant de partir.

— Il te manque quelque chose ?

Elle fronça les sourcils, considérant sa question sérieusement.

— Je n'ai pas eu le temps de vérifier.

— Alors, on le fait avant ou après le repas ?

Elle consulta sa montre, vérifia où ils en étaient sur leur trajet et annonça :

— Avant. C'est plus près. Après, nous mangerons. Maintenant que tu as parlé de Codfather's, je veux des fettuccine aux fruits de mer avec un bol de chaudrée de palourdes.

Tout en conduisant, elle resta sur ses gardes pour voir si quelqu'un les suivait. Le changement de direction avait peut-être dérouté le harceleur. Mais peut-être pas. Elle entra dans le parking et se gara.

— Et pour la voiture ?

Il sourit et désigna le véhicule qui se trouvait sur la place juste à côté de la sienne.

— La tienne restera ici. Nous prendrons celui-là en partant.

— Ok. Je ne savais pas que c'était le tien.

— C'est une voiture de fonction, précisa Tyson. Nous ne pouvons pas nous permettre de ne pas avoir des véhicules en parfait état de marche lorsque nous en avons besoin.

— Comme dans l'armée ?

Il ricana.

— Dans l'armée, nous avions des véhicules avec des mécaniciens qui les révisaient.

Il secoua la tête.

— Ils entraient et sortaient constamment de l'atelier. Mais ensuite, par nécessité, nous les avons usés.

— Je comprends. Tous les employés de *Legendary Security* sont issus du même milieu, vous partagez tous la même histoire. Je n'imagine pas que Levi gère son entreprise avec autant de rigueur que dans l'armée, mais j'imagine qu'il se tient toujours prêt pour la prochaine mission.

— Exact, confirma Tyson. Pour autant que je sache. Je ne suis pas là depuis assez longtemps pour pouvoir te l'assurer. Je suis venu parce que Michael m'a dit de poser mon cul ici. Il a gardé un œil sur moi ces deux dernières années. Il savait qu'il était temps que je prenne un nouveau départ. C'est un bon juge, je lui fais confiance. En plus, je connaissais un peu Levi. C'est un homme bon.

Elle s'esclaffa.

— Michael est tout sauf un chic type. Cet homme est tout aussi dur à l'intérieur qu'à l'extérieur.

— Ce n'est pas vrai. Mercy a transfiguré sa vie. Nous réagissons tous différemment à la douleur, à la trahison et à la désillusion. Dans le cas de Michael, il l'a juste pris un peu plus durement que beaucoup d'autres. Mais à chaque fois qu'un appel à l'aide a été lancé, il a été l'un des premiers à répondre.

— Je pense que vous le feriez tous, selon les circonstances.

Il surveillait les alentours pendant qu'ils se dirigeaient vers l'ascenseur, jeta un coup d'œil à l'intérieur et en ressortit.

— Il n'y a rien d'inquiétant, mais je préfère les escaliers.

— Bien sûr. J'ai besoin de faire de l'exercice de toute façon.

Il l'étudia.

— Je n'en suis pas sûr. Tu as l'air d'être en pleine forme.

— Ice a failli me battre, déclara Kai avec un grand sourire. J'étais bien contente qu'on s'arrête à ce moment-là. Je suis aussi presque sûre qu'elle y est allée doucement avec moi.

— Une certaine compétition est saine. Beaucoup, en revanche, ne l'est pas.

Il n'y avait pas de graffiti dans la cage d'escalier. Pas de moquette non plus. Le bâtiment semblait avoir été construit au milieu des années 1980. Il avait un aspect vieux et triste, mais il était encore respectable. Kai aurait pu choisir pire. Tyson supposait que le fait d'investir dans la société l'avait empêchée de s'offrir un meilleur logement. D'un autre côté, elle avait l'habitude de vivre dans une base. Peut-être que c'était un pas en avant pour elle.

— Tu aimes vivre ici ?

Alors qu'ils marchaient dans le couloir, elle réfléchit à sa réponse.

— Ça va. La plupart du temps, je suis trop occupée pour m'en soucier, mais je ne m'attendais pas à devoir faire face à une adaptation aussi importante à la vie dans le privé. Pourtant, je me fiche pas mal de mon environnement tant qu'il est fonctionnel.

— Fonctionnel ne veut pas dire grand-chose en termes de confort.

— Non.

Elle déverrouilla la porte, la poussa et entra.

Il la suivit et s'arrêta. Il leva la tête et se contenta d'observer l'atmosphère impersonnelle de son appartement. Comme si Kai n'avait pas encore emménagé. Cet endroit en disait long sur elle-même. Il comprenait à quel point le mode de vie militaire était parfois simple. La plupart d'entre eux avaient une famille à laquelle ils pouvaient se raccrocher après avoir été déployés. Dans le cas de Kai, ce n'était pas le cas. Et, une fois Tracy partie, elle n'avait pas non plus cette base d'amis.

— Je ne savais pas comment m'approprier pleinement l'espace, expliqua Kai. Donc, je n'ai pas pris la peine d'essayer.

Elle avait été tellement occupée par l'entreprise, par l'adaptation à la vie civile, que son appartement n'avait pas dû entrer en ligne de compte autrement que comme une pièce où se poser. C'est ce à quoi elle était habituée. Rester occupée devait l'avoir aidée à se remettre de la perte de Tracy. Les deux étaient comme sœurs. Elle s'illuminait toujours lorsqu'elle était entourée de sa meilleure amie. Elles essayaient constamment de se surpasser l'une l'autre en faisant des bêtises plus grandes et plus folles. Avec sa mort, tout s'était brusquement arrêté. La perte de sa meilleure amie avait transformé Kai. Elle n'était plus aussi audacieuse, scandaleuse dans ses actions ou aussi débridée. Tyson avait certainement changé, alors il ne pouvait pas imaginer qu'il en fut autrement pour elle.

Tyson procéda à une vérification standard de l'appartement, auscultant chaque placard, chaque porte, chaque dessous de lit et chaque fenêtre, tandis que Kai le suivait du regard.

Lorsqu'il se tourna enfin vers elle, elle lui demanda :

— C'est bon ?

— Pas vraiment. Pas si nous essayons de te protéger. Il n'y a aucun système de sécurité et l'escalier de secours est à trois mètres de ta fenêtre. Tu n'as aucun moyen de descendre si quelqu'un te coupe la sortie. Steve Rossi habite en face de chez toi, d'après ce que tu as dit tout à l'heure, mais son nom a été effacé sur les sonnettes en bas. Il y a donc de fortes chances qu'il ait déménagé et que tu ne l'aies même pas remarqué.

Il fronça un sourcil et continua, alors que, stupéfaite, Kai se tournait en direction de la porte d'entrée.

— Cela signifie qu'il n'y a personne dans l'appartement d'en face, ce qui veut dire que tu ne peux pas les appeler à l'aide. Tu te retrouverais donc assez isolée.

Tyson se sentit immédiatement mal à l'aise d'avoir fait blêmir Kai ainsi.

Elle se leva et se frotta la tempe.

— J'avais oublié comment tu étais. Est-ce que ça pourrait être pire ?

— Absolument.

Il haussa les épaules.

— Tu as au moins un verrou sur ta porte d'entrée. Il existe un escalier de secours auquel tu pourrais t'accrocher et descendre, même s'il te faudrait pour cela briser la fenêtre du salon et t'exposer à des risques de blessures. Tu as des voisins de chaque côté qui pourraient potentiellement entendre si tu criais. Tu disposes d'un parking souterrain, ce qui offre une certaine sécurité. Il y a des ascenseurs et des escaliers, ce qui est normal, bien qu'il n'y ait qu'un seul ascenseur, et non deux, corrigea-t-il. En d'autres termes, il s'agit d'un immeuble basique qui n'offre pas beaucoup d'avantages en matière de sécurité.

— C'est vrai.

Il l'étudia.

— Maintenant, peux-tu vérifier s'il ne manque rien ?

Elle désigna le salon.

— Eh bien, je n'avais rien ici. Et les cartons dans le coin ne sont pas encore déballés parce qu'ils ne sont pas vraiment importants.

— Et dans ta chambre ?

Son visage se renfrogna.

— J'essayais d'ignorer cette pièce.

Kai entra dans sa chambre et Tyson la suivit.

Son regard se posa sur le lit à moitié défait. Il lui était difficile de ne pas imaginer son petit corps recroquevillé dans le creux douillet où elle avait dormi. Il lui était impossible d'ignorer le fait que l'autre moitié du lit était intacte, révélant qu'elle dormait seule. Aimerait-elle que quelqu'un occupe cet espace ? Il refoula ses sentiments, surpris de les voir surgir.

Kai n'était pas pour lui. C'était la meilleure amie de Tracy. Le fait qu'il soit conscient de ce désir soudain lui rappela qu'il était temps pour lui de renouer avec le jeu des relations amoureuses. Il avait fallu tout ce temps pour qu'il se rende compte qu'il ne voulait pas dormir seul pour le reste de sa vie.

En se dirigeant vers la fenêtre de la chambre de Kai, en regardant dehors, il comprit qu'il ne voulait pas de quelqu'un comme Tracy. Elle avait été spéciale. Elle avait fait partie de sa vie. Il voulait quelqu'un de différent… Peut-être… Il en rit presque. Chaque fois qu'il pensait être prêt à aller de l'avant, des doutes le tourmentaient. Il ne pouvait pas superposer d'autres femmes à l'image de Tracy. Ce ne serait pas juste. Il ne ferait pas ça à Kai. Mais lorsqu'il se retrouvait face à la charmante pile électrique qu'il avait devant lui… Imaginer son corps si sexy dans un cadre intime, eh bien… il était difficile de ne pas l'apprécier telle qu'elle était.

Kai se dirigea vers le placard et l'ouvrit. L'intérieur contrastait de façon flagrante avec celui de Tracy. À part deux ou trois robes, il n'y avait presque rien de suspendu.

Il vérifia l'étagère du haut, elle était vide. Il la considéra, perplexe. Elle haussa les épaules et alla vers la commode.

— Porte une attention particulière à ta lingerie.

— Je craignais que tu dises ça.

Elle sortit les tiroirs. Dans l'un d'eux, de simples culottes en coton blanc étaient joliment ordonnées, tandis que les autres contenaient des débardeurs, des pyjamas, des nuisettes et des tee-shirts. Des vêtements en bon état, propres, sans fioritures, qui lui correspondaient bien. Rien de ce que Tracy aimait. Une autre différence. Une bonne différence. Kai incarnait la simplicité même. Cela lui convenait.

Après avoir parcouru tous les tiroirs, elle se tourna vers lui.

— Je ne sais pas.

— Possèdes-tu quelque chose d'inhabituel, d'un peu spécial ?

— Non…

Elle fronça les sourcils.

— Si. … j'en ai un. Un ensemble de couleur prune…

Elle tendit la main et se figea.

— Il n'est pas là.

Tyson s'avança.

— Les deux pièces étaient rangées ensemble ?

Elle acquiesça.

— Elles étaient pliées l'une dans l'autre, lorsque j'en prenais une, je prenais les deux.

Elle sortit son tiroir complètement, le posa sur le sol et fouilla l'espace derrière.

Il savait ce qu'elle faisait. Il attendait. La réalité ne tarderait pas à la frapper.

— Je ne les trouve pas.

Elle commença à paniquer et entreprit de chercher dans tous les tiroirs. Elle ne trouva aucune trace de l'ensemble. Finalement, elle inspecta à nouveau le fond du tiroir et se tourna vers lui.

— Comment le savais-tu ?

— C'est juste une étape de plus dans le processus du harceleur. Ils sont souvent à la recherche de petites choses… De souvenirs. Dans son esprit, c'est romantique, avant de devenir une pulsion sexuelle. Il est tout à fait logique, pour lui, d'emporter un peu de toi. C'est son trophée. Il veut avoir ce morceau de toi près de lui, quelque chose qu'il peut regarder, toucher, sentir et ressentir à loisir.

— Je ne peux pas exprimer ce que mon estomac ressent en ce moment.

Elle se coucha lentement sur le lit.

— Non seulement il a été dans mon appartement, mais en plus, il a fouillé dans mes affaires avant d'emmener quelque chose pour lui.

— C'est ça, confirma Tyson.

Ce sentiment de violation ne disparaîtra jamais. Kai ne pourrait plus jamais regarder son appartement de la même manière. Il en était désolé.

— Que dois-je faire maintenant ?

Elle éclata de rire.

— Je n'ai jamais imaginé que quelqu'un puisse pénétrer

ici. Absolument jamais.

— Et c'est ce qui est effrayant.

Il lui tendit la main et la remit debout.

— Allons dîner.

Elle le regarda, abasourdie.

— Tu veux que je mange après ça ?

— Oui. J'attends de toi que tu te relèves et que tu fasses ce qui est nécessaire. J'attends de toi que tu en profites. Et je veux que tu te souviennes que tu n'es plus seule.

Elle secoua la tête.

— Mais s'il revient ?

Il sortit son téléphone.

— Levi envoie une équipe installer des caméras vidéo.

Elle eut l'air un peu malade.

— Dans ma chambre ?

Il rit.

— Non, pas obligatoirement dans ta chambre.

Elle serra ses bras autour de sa poitrine.

— Et pourquoi est-ce qu'on part s'ils viennent faire ça ?

— Pour que nous ne les gênions pas.

Il se dirigea vers la cuisine, s'empara d'une chaise et se dirigea vers la porte d'entrée. Là, il installa le petit système de caméra qu'il avait dans sa poche. Lorsqu'il eut terminé, il descendit et lui fit face.

— Maintenant, nous pouvons nous assurer que personne n'entre sans y être autorisé.

Chapitre 8

K AI FIXA TYSON, stupéfaite.

— Tu es rapide.

— Maintenant, allons-y pour que les gars puissent travailler, répondit-il dans un sourire. Ils vont installer des caméras dans le hall, la cage d'escalier et face au salon pour voir si quelqu'un s'introduit par l'escalier de secours.

— Je n'ai jamais remarqué cet escalier de secours.

Elle rejoignit la fenêtre du salon et regarda dehors.

— La fenêtre est solide. Comment quelqu'un pourrait-il entrer ou sortir par là ?

— Tu n'es qu'au premier étage.

— Merde.

Il ne lui était jamais venu à l'esprit, lorsqu'elle avait loué cet appartement, qu'elle devait chercher un endroit sûr. Maintenant, elle se sentait idiote.

— C'est notre travail. Alors… Dînons et laissons-leur le champ libre.

Kai acquiesça, attrapa son sac à main et sortit avec Tyson. Elle ferma sa porte à clé comme d'habitude et essaya de ne pas regarder autour d'elle pendant qu'ils regagnaient le parking. Tyson la conduisit jusqu'à un véhicule. Elle l'observa lui ouvrir la portière, décontracté et pourtant si conscient de tout ce qu'il se passait autour d'eux.

Ensuite, il prit place derrière le volant, tourna la clé et

démarra.

Elle expira bruyamment.

— Même dans l'armée, je ne faisais pas ce genre de choses.

— Peut-être pas toi, mais nous, si. Alors on s'en occupe.

Kai se détendit.

Si elle ne laissait pas son esprit se focaliser sur le fait que quelqu'un avait envahi son espace pour fouiller dans ses sous-vêtements, elle pourrait presque faire face à la situation. Elle retrouva l'appétit. Codfather's était l'un de ses restaurants préférés, lorsque Tracy était encore en vie. Kai n'y était pas retournée depuis sa disparition.

En entrant, elle découvrit qu'ils avaient une réservation. Alors qu'on les conduisait jusqu'à leur table, située près de la fenêtre, avec vue sur la ville, elle demanda :

— Quand as-tu eu le temps de réserver ?

— Ice l'a fait.

— D'accord.

— C'est une vue imprenable.

— En effet.

— On dirait un conte de fées, dit-elle avec une note amère qu'elle ne s'attendait pas à entendre. C'est tellement faux.

— Non, ce n'est pas le cas. Comme tout le reste, il y a des couches. Ce n'est pas parce que tu vis dans une couche que d'autres couches ne se trouvent pas en dessous de toi. Tu dois juste t'assurer que tu ne te laisses pas aspirer vers le bas.

Elle étudia l'homme impressionnant qui se trouvait face à elle. Au début, elle n'arrivait pas à croire que Tracy et Tyson étaient en couple. Peut-être parce qu'elle ne le voulait pas et parce qu'ils étaient à bien des égards opposés. Ils s'étaient vus une fois et étaient tombés amoureux l'un de l'autre. Tyson avait été bénéfique pour Tracy, il l'avait adoucie, lui avait permis de garder les pieds sur terre. Et peut-être, juste peut-être, Tracy avait-elle allégé sa vie et apporté de la joie dans son monde.

— À quoi penses-tu ? demanda-t-il, curieux.

Elle rit.

— Au fait que Tracy et toi étiez diamétralement opposés.

— C'est vrai. Et c'est bien qu'on puisse parler de Tracy sans que l'un d'entre nous ne se mette à pleurer, ajouta-t-il avec un sourire en coin. Oui, Tracy et moi étions très différents. J'aime à penser que nous étions bien ensemble.

— Je sais qu'elle était heureuse. J'étais incroyablement contente pour elle et pour toi.

— Mais c'est aussi à cause de moi qu'elle est morte.

La mâchoire de Kai se décrocha.

— Quoi ? Absolument pas.

— Non seulement elle portait mon enfant, argumenta-t-il douloureusement, mais en plus, je n'étais pas là pour la sauver.

Kai se rendit compte à quel point Tyson, qui avait cherché à sauver le monde pendant des années, se sentait coupable de ne pas avoir réussi à sauver sa femme.

— La seule chose que l'on ne pouvait pas enlever à Tracy, c'était cette grossesse. Elle n'a jamais été aussi heureuse. C'est ce qu'elle voulait. Elle tenait absolument à avoir un enfant. Le fait que tout ait mal tourné n'est pas de ta faute. Même le médecin a avoué qu'ils n'auraient peut-être pas pu la sauver, même si elle était arrivée à l'hôpital plus tôt.

Elle le vit forcer un sourire.

Tyson lui indiqua de consulter le menu devant elle et déclara :

— Jette un coup d'œil. Il y a des nouveautés. Tu changeras peut-être d'avis.

Elle lui donna l'occasion de changer de sujet. En étudiant le menu, elle se rendit compte qu'il n'avait pas changé du tout, ils l'avaient juste un peu modifié. Choisir n'était pas difficile, elle avait plusieurs plats préférés. Lorsque la serveuse se présenta, Kai commanda un verre de vin blanc avec son repas.

Elle n'aurait probablement pas dû prendre de vin. Mais, en même temps, elle savait qu'elle ne dormirait jamais ce soir, si elle n'arrivait pas à se détendre. Elle ne fut pas surprise que Tyson ne commande pas d'alcool. Non seulement, il buvait avec parcimonie mais en plus, il se considérait comme étant au travail en ce moment.

Lorsque les plats arrivèrent, elle apprécia que la conversation s'apaise et devienne moins gênante. Elle réalisa que Tracy avait toujours fait partie de leurs conversations. Un sujet qu'ils désiraient tous les deux aborder, sans qu'aucun d'eux ne le voulusse vraiment à cause de la douleur. Le fait qu'ils aient mentionné son nom plusieurs fois était positif. Peut-être qu'ils pourraient passer à autre chose.

— Tu vois quelqu'un en ce moment ? demanda-t-elle.

— Non. J'y ai pensé. J'ai pris un café avec quelques femmes, mais je n'ai trouvé personne avec qui aller plus loin.

Il leva ses yeux vers les siens avec ce bleu perçant qu'elle avait toujours trouvé si troublant. Et pourtant, il n'était plus aussi difficile à regarder que dans son souvenir.

Il ajouta :

— D'après ce que tu as dit au déjeuner, tu ne fréquentes personne non plus.

— Non. Ma dernière histoire s'est terminée brutalement. Ensuite, j'ai été trop occupée. Ça arrivera quand ça arrivera, je ne me précipite pas.

— Quand tu dis brutalement, qu'est-ce que ça veut dire ?

Elle renifla.

— J'y ai mis fin. Je suis entrée chez lui pour le trouver au lit avec une autre.

Les sourcils de Tyson se haussèrent.

— C'est compréhensible. Vous vous êtes disputés ? Il était en colère ? Bouleversé ?

— Seulement d'avoir été surpris. Elle, elle s'est contentée de rire. Peu importe. Je lui ai rendu ses clés, j'ai tourné les talons et je suis partie. Je ne l'ai pas revu depuis.

— Combien de temps es-tu restée avec lui ?

— Six mois. Nous parlions d'emménager ensemble juste avant que je ne le surprenne.

Il enregistra cette information.

— Il s'appelait Wilson Warnock. Je l'ai rencontré juste après avoir quitté l'armée. J'ai probablement sauté le pas juste parce qu'il n'était pas militaire. C'était séduisant à l'époque, lui avoua-t-elle en riant. Mon cœur n'a pas été dévasté par cette découverte. Non, il n'avait pas l'air d'être en colère, bouleversé ou d'avoir une quelconque raison de s'en prendre à moi. Nous sommes simplement passés à autre chose.

— Je vais quand même mettre Ice au courant. Elle va ajouter son nom dans la vérification d'antécédents. Elle nous fera savoir si elle trouve quelque chose de notable.

Il lui envoya rapidement un texto, fit une pause, observant son expression.

— C'est dévastateur d'être trahi par quelqu'un d'aussi proche.

— Non, pas vraiment. Irritant, oui, corrigea-t-elle. J'ai été idiote de m'engager si vite.

Elle rit.

— Tout va bien.

ÉTAIT-CE VRAIMENT SI simple ? Tyson n'arrivait pas à l'imaginer. Mais encore une fois, après Tracy, il ne pouvait pas s'imaginer avoir une romance ni légère ni sérieuse. Pourtant, il devrait probablement le faire. Tremper ses orteils dans l'eau n'est pas forcément synonyme de sauter dans le grand bain. Cela dit, il savait qu'après Tracy, il ne se contenterait pas d'une relation superficielle. Il ne voulait pas d'une histoire sans importance. Il voulait quelqu'un qui lui donnerait le meilleur, comme lui le ferait. Compassion, engagement, loyauté et amour.

Son téléphone vibra. Il le sortit et lut le message.

— Les caméras sont installées.

Il leva la tête et la considéra.

Elle fronça les sourcils.

— Quel est l'intérêt de nous prévenir ?

— S'il y a un intrus, Ice sera alertée.

Elle le contempla et déglutit difficilement. Il reconnut que c'était une habitude chez elle, qu'elle faisait mentalement une pause avant de dire tout ce qui lui passait par la tête. Certaines personnes perdaient toute couleur. D'autres protestaient. Elle, elle était silencieuse, comme si elle cherchait à se contrôler en repensant à ce qu'il avait dit. Et à ce qu'il n'avait pas dit.

— D'accord.

Elle prit une autre bouchée. Pendant qu'elle réfléchissait à tout cela, il continuait à manger. Lorsqu'elle eut fini son assiette, elle la mit de côté, s'empara de son verre de vin et s'installa confortablement.

— Tu restes cette nuit ?

Il sentit la chaleur d'une érection l'envahir, il la fit taire.

— Oui. Je reste.

Il tendit la main, détacha l'émetteur lié au dispositif d'écoute de son chemisier et l'éteignit.

Elle le fixa, sa bouche bée. Il le rangea dans son porte-feuille avant de déclarer :

— J'aurais dû te l'enlever plus tôt. Désolé.

Elle le dévisagea, choquée et jeta un coup d'œil autour d'elle.

— Est-ce qu'ils ont écouté notre conversation ?

— J'ai enlevé mon oreillette. Mais elle est toujours con-nectée. Tant que nous sommes ensemble, nous n'en avons pas besoin. Et je ne vois aucune raison pour que toi et moi ne restions pas ensemble jusqu'à ce que ton harceleur soit appréhendé. Mais, quand nous serons séparés, tu en auras une.

Sa voix était dure, implacable. Il y avait quelques points sur lesquels il pouvait plier, mais là, ce n'était pas le cas.

— Pour répondre à nouveau à ta question, oui, je reste pour la nuit. Et toutes les nuits suivantes jusqu'à ce que ce soit fini.

— Tu vas vraiment mettre un frein à ma vie sentimen-tale, se plaignit-elle sans enthousiasme.

Il lui adressa un semblant de sourire et, avec une lueur diabolique dans les yeux, ajouta :

— Ou peut-être que j'y ajouterai un peu d'éclat.

Chapitre 9

S A MÂCHOIRE SE décrocha et, quand elle le put, Kai dit :

— Tu me dragues ?

Tyson haussa un sourcil.

Il regarda au loin avant de diriger son regard vers elle.

— Tu es contre ?

Elle se recula dans son siège et le contempla. Elle n'avait aucune idée de ce qu'elle devait penser de ce côté de lui. Elle l'approuvait simplement.

— Je ne sais pas trop quoi dire, prononça-t-elle prudemment.

Il ralluma sa lueur d'espoir.

— Si tu trouves, fais-le moi savoir.

Kai réalisa alors à quel point ce moment était spécial. Il avait fait un bond en avant, guérissant à chaque pas qu'il faisait.

Elle ne voulait rien faire qui puisse ralentir ou arrêter ces progrès, mais en même temps, elle était stupéfaite par son espièglerie, par sa légèreté surgissant de nulle part. Elle s'efforça de s'adapter.

— Je t'ai surprise, n'est-ce pas ?

Il gloussa comme un petit garçon.

— Qu'est-ce qui t'a amené à faire ça ?

Elle se pencha en avant.

— Je suis loin d'être contre, mais je n'ai jamais vu ce

côté joueur chez toi.

— Parce que tu n'as pas encore voulu jouer avec moi.

Bon sang, ce sous-entendu semblait le troubler lui aussi. Il rit.

— Je dois admettre que je me sens étrangement léger en ce moment.

— C'est agréable à entendre. Elle te manque, dit-elle, ce qui lui fit perdre son sourire. Non, ce n'est pas ce que je veux dire. C'est juste que j'apprécie vraiment de te voir d'humeur joyeuse. C'est agréable. Ça fait assez longtemps que tu es triste et sérieux.

Il haussa les épaules.

— Je suis d'accord. Nous avons, tous les deux, été comme ça pendant assez longtemps. Je l'aimais, mais elle est partie, énonça-t-il simplement. Je suis prêt à passer à autre chose.

Kai lui sourit.

— Tu es trop gentil pour rester triste et seul pour toujours.

— Nous avons un sacré passé, déclara-t-il, taquin. Mais comment sais-tu que je suis un mec bien ?

— Je savais que tu étais un mec bien avant que Tracy ne te choisisse.

Il la regarda, surpris.

— On se connaissait déjà ?

Elle grimaça.

— Je prends ça pour un oui.

— C'était il y a longtemps. On ne se connaissait pas vraiment.

— Il y a combien de temps ?

— J'étais ta voisine.

Il la dévisagea.

Elle rit devant l'expression sidérée de son visage.

— Oui, quand tu vivais dans l'appartement de Dilworth Road. Les appartements Mongolia à San Diego. J'étais ta voisine.

Il la fixa et sa bouche s'entrouvrit lentement.

— Je pensais que tu allais me dire dans l'armée.

Elle explosa de rire.

— Je me suis toujours cru observateur. Je ne t'ai même pas remarquée alors que tu étais juste à côté de moi.

— Je sais. Nous avons été voisins pendant environ dix-huit mois, avant que tu ne déménages.

— Tracy le savait-elle ?

— Je ne lui ai jamais dit.

Son regard se rétrécit.

— Pourquoi ?

— Pour rien. Ce n'était pas la peine d'en parler.

Elle lui sourit chaleureusement.

— Il était évident que vous étiez faits l'un pour l'autre.

— C'est ce que nous avons ressenti. Comme s'il n'y avait que nous deux dans le monde.

Tyson regarda au loin.

Elle l'observa attentivement.

— Cela aurait-il duré ?

Il lui lança un regard pensif.

— Je n'en sais rien. J'aimerais le croire. Malheureusement, je ne le saurai jamais maintenant.

— C'est vrai.

— Est-ce qu'elle t'a donné l'impression que ça ne durerait pas ? demanda-t-il curieux. Nous avons eu des désaccords, mais nous ne nous sommes jamais disputés. Elle ne m'a jamais rien dit de tel… Je sais qu'elle n'aimait pas que je parte en mission…

Kai posa sa main sur la sienne.

— Non, Tracy était très heureuse. Elle était une bénédiction pour nous deux. Cette époque est révolue. Nous devons aller de l'avant.

— J'ai tourné la page, affirma-t-il. Je viens seulement de réaliser à quel point. C'était difficile au début. Puis je me suis retourné un jour et j'ai réalisé que je pouvais me souvenir d'elle avec joie et non avec douleur.

Il sourit à Kai.

— J'espère que c'est la même chose pour toi.

— C'est le cas, en effet.

Elle consulta sa montre.

— Es-tu prêt à rentrer ?

Son regard se réchauffa.

— Absolument.

La serveuse apporta l'addition, que Tyson paya.

Ils se dirigèrent vers la sortie et Kai s'arrêta.

— Je dois aller aux toilettes.

Elle emprunta le couloir menant aux commodités. Lorsqu'elle revint, le couloir semblait plus sombre. Elle était certaine qu'à l'aller, une lumière supplémentaire était allumée.

Elle regagna l'accueil du restaurant.

Pas de traces de Tyson. Elle supposa qu'il était, aussi, allé aux toilettes.

L'hôtesse s'approcha avec une note pliée.

— Votre petit ami m'a demandé de vous donner ceci. Bonne nuit, dit-elle en s'éloignant.

Surprise, Kai l'ouvrit. Le mot « DECIDE » était écrit en majuscules.

Elle jeta un coup d'œil au bas de la feuille où se trouvaient deux autres mots. « Ou bien ». Elle replia soigneusement le mot et se retourna vers l'hôtesse, mais elle était partie. Kai regarda autour d'elle, espérant l'apercevoir à nouveau. Elle se demanda si elle travaillait vraiment ici. La femme ne portait pas d'uniforme, rien ne l'identifiait vraiment. Mais pour une quelconque raison, Kai avait supposé qu'elle appartenait au personnel. Bien sûr, c'était une erreur.

Elle refit lentement un tour sur elle-même, mais ne trouva aucun signe de la femme. Elle n'était probablement qu'une cliente parmi d'autres. Tyson n'avait toujours pas réapparu. Lorsqu'elle revint à son point de départ, elle le vit arriver à grands pas depuis les toilettes des hommes.

Dès qu'il l'aperçut, il lui demanda :

— Tout va bien ?

Sans un mot, elle lui tendit le message.

— Une femme que je croyais travailler ici m'a remis ceci, en me disant que mon petit ami lui avait demandé de me le donner.

Tyson étudia le billet, hocha la tête et décréta :

— Il est temps d'y aller.

Il ouvrit la porte et sortit devant elle. Il passa la main derrière lui.

La façon dont il tendait la main vers elle… Elle pourrait s'y habituer. Cet air disait qu'il savait qu'elle s'exécuterait. Non pas avec arrogance, mais avec attention. Elle glissa ses doigts entre les siens et il la serra contre lui.

Le crépuscule s'installait, il ne faisait pas encore nuit noire. Il l'accompagna jusqu'au 4x4, déverrouilla la portière côté passager et resta posté entre elle et le reste du monde pendant qu'elle montait à bord. Quand elle fut à l'intérieur et qu'elle eut bouclé sa ceinture, il ferma la portière et fit le tour. Au lieu de monter, il resta à l'extérieur et passa un coup de fil.

Kai savait qu'il appelait Levi. Elle prit place dans son siège. Elle aurait aimé interroger la femme. Au lieu de cela, elle avait laissé passer une occasion parfaite. À ce moment-là, la femme sortit du restaurant accompagnée d'un homme plus âgé qu'elle. Ils se tenaient la main. Kai sortit en trombe de la voiture.

— Kai, arrête-toi, hurla Tyson.

Elle courut jusqu'à la dame, s'arrêta devant elle et demanda :

— Bonsoir, vous vous souvenez de moi ?

Etonnée, elle haussa les sourcils.

— Vous vous souvenez de la personne qui vous a donné le mot ? C'est lui ?

Kai désigna Tyson.

— C'est mon petit ami. Est-ce que c'était lui ?

La femme regarda Tyson et réfuta cette idée.

— Non. Le type était plus petit, plus jeune, avec des cheveux noirs.

Elle considéra à nouveau Tyson, puis confia à Kai.

— Il ne lui ressemblait pas du tout.

Kai savait exactement ce qu'elle voulait dire. L'homme à côté d'elle s'approcha, entoura la femme d'un bras protecteur et questionna :

— Y a-t-il un problème ?

Kai lui sourit.

— Non. J'ai besoin d'une description de l'homme ayant confié à votre compagne la note qu'elle m'a transmise. Il s'agissait d'une menace, une parmi tant d'autres, mais jusqu'à présent personne n'a identifié mon harceleur.

— Oh, mon Dieu.

La dame plaça ses doigts sur ses lèvres, choquée.

— C'est terrible.

Elle fixa son partenaire, puis se tourna vers Kai.

— Je l'ai à peine vu. Il s'est posté devant moi et m'a dit : *Excusez-moi. Quand ma petite amie sortira, pourriez-vous lui donner ce mot ?*

— Et il est parti après ?

Tyson se rapprocha un peu plus de Kai et demanda à la dame de revoir le scénario avec lui, avec quelques questions plus pointues.

Lorsqu'il n'y eut plus de questions à poser, Kai prit les nom et numéro de la femme, en la remerciant pour tout.

Tyson acquiesça.

— Nous apprécierions que vous rencontriez le dessinateur de la police. Je leur ai déjà envoyé un message, ils vous attendent. Merci pour votre aide.

Le couple se précipita.

Kai étudia Tyson.

— Alors ?

— Alors, nous en savons un peu plus qu'avant. C'est un début. Maintenant, il faut que tu rentres chez toi saine et sauve.

— EH BIEN, tu avais raison, déclara Kai alors que Tyson sortait du parking du restaurant et se dirigeait vers la route principale.

Ils étaient à environ dix, voire quinze minutes de son appartement.

— Raison à propos de quoi ?

— Sur le fait qu'il me surveille, gémit-elle. À quel point cela va-t-il le mettre en colère ?

— Pas mal. Ce qui est normal. La concurrence ne plait à

personne.

— On peut donc s'attendre à une attaque de sa part ?

— Nous nous y attendons toujours, mais oui, nous devons nous attendre à une escalade dans son comportement.

Frustrée, elle soupira.

— Cela ne sert à rien.

— Nous devons rester vigilants. C'est à la fois une bonne et une mauvaise chose. La bonne chose, c'est qu'il va bientôt montrer son jeu. La mauvaise, c'est que nous ne savons pas de quelle manière. Donc, cette situation peut devenir incontrôlable très rapidement.

— De quelle manière ?

— Tu sais exactement de quelle manière. Il va probablement tenter de se débarrasser de moi. Puis il te le fera payer parce que, en ne te débarrassant pas de moi toi-même, tu lui dis que tu me préfères à lui.

— Même si je ne le connais pas ? Même s'il n'est ni mon amant ni mon compagnon ?

— Dans son esprit, chaque jour, il se rapproche un peu plus de la réalité de vous deux. Que tu ne puisses pas le voir ou l'accepter n'est pas son problème. Il croira que tu joues les dures, que tu le trompes ou que tu as d'autres mauvaises raisons de le faire. N'oublie pas que nous ne parlons pas ici d'un esprit sensé. Nous parlons de quelqu'un qui veut quelque chose et qui a l'intention de l'obtenir, peu importe comment.

— Je n'aime pas l'idée qu'il s'en prenne à toi.

— Oh, moi, j'aime bien l'idée qu'il s'en prenne à moi, rétorqua Tyson. Je me suis porté volontaire. Je savais exactement dans quoi je m'engageais. Ne t'inquiète pas pour moi.

— Finalement, tu es peut-être un grand soldat macho,

répliqua-t-elle. J'en ai rencontré plus que ma part… Les balles se moquent bien de qui tu es… Elles tuent n'importe qui.

— C'est vrai.

Kai n'ajouta rien.

Il prit le chemin le plus rapide pour rentrer chez elle et se gara à la place que Levi lui avait réservée.

Elle lui jeta un regard acerbe mais ne dit rien.

C'était une bonne chose. Elle apprenait à le suivre sans tout remettre en question.

TYSON OUVRIT LA marche, notant les caméras installées. Certaines étaient cachées, d'autres visibles. Arrivé à l'appartement, il recula et tendit la main pour obtenir la clé. Kai la lui donna. Il déverrouilla la porte et la poussa, s'avançant devant elle. Il fit un signe à la caméra située en haut de la porte, puis alluma. Une lueur chaude envahit instantanément la pièce. Il fit un tour rapide de l'appartement. Vide et sûr.

Elle entra, posa son sac à main sur la table et attendit qu'il ait fini.

Il sortit de la chambre et s'appuya contre le chambranle.

— Comment te sens-tu ?

— Bien, dit-elle en souriant. Comment pourrais-je ne pas aller bien ? J'ai un grand méchant ancien SEAL pour s'occuper de moi. Ainsi que toute une équipe, amie, en arrière-plan.

Il sourit, mais il percevait son inquiétude.

— Tout ira bien. Tu sais que nous ne laisserons personne te faire du mal.

Elle lui adressa un pâle sourire.

— Pas tant que tu seras capable de te battre. J'ai vu de mes propres yeux comment les balles déchirent un corps humain. Peu importe la force ou la volonté de la personne, elle meurt quand même, chuchota-t-elle. Ça vaut pour moi aussi, malgré ma maitrise des arts martiaux.

Il acquiesça.

— Gauche ou droit ? demanda-t-il.

Elle le regarda perplexe, puis haussa les épaules.

— Gauche ? Mais je n'ai absolument aucune idée de ce dont nous parlons, alors peut-être droit.

— Tu veux le côté gauche du lit ou le côté droit du lit ?

Sa mâchoire se décrocha.

— Oh, non. Tu ne dormiras pas dans mon lit. Tu as le salon.

— Oh, non. Je vais dormir dans le lit à côté de toi.

— Oh, sûrement pas.

Elle entra dans sa chambre et claqua la porte.

Il rit. D'abord un petit rire. Comme un ricanement rouillé et inutilisé, et, finalement incapable de l'arrêter, il s'échappa librement.

Elle ouvrit la porte et le considéra fixement.

— Je ne t'ai jamais entendu rire ainsi.

Toujours en train de rire, se tenant le côté, il s'effondra sur le canapé.

— Ça fait longtemps.

Il dit cela en laissant échapper un étrange gloussement.

— Contente que tu trouves ça drôle.

Elle lui lança un regard noir.

— Tu dors quand même ici.

— J'avais prévu de le faire.

D'autres rires s'échappèrent.

— Ta réaction.

Elle sortit comme la pile électrique qu'elle était, et, un oreiller à la main, elle commença à le frapper : aux jambes, à la tête et au ventre, sans s'arrêter.

— Toi… Toi…

Puis il hurla.

Finalement, le seul moyen de l'arrêter fut de l'attraper, de la traîner sur le canapé et de les faire rouler tous les deux sur le sol. Il se retourna rapidement et la plaqua. Mais il avait oublié, ne serait-ce qu'un instant, qu'elle était presque aussi douée que lui en arts martiaux. L'instant d'après, il se retrouva sur le dos avec elle le plaquant au sol. Il riait tellement que son ego n'en avait cure.

— Si tu crois que tu peux t'introduire dans mon lit par la force, c'est que tu as une autre idée en tête.

Il glissa, de nouveau, son bras autour d'elle, la plaçant sous lui. Cette fois, il lui saisit les bras, les remonta au-dessus de sa tête et les serra fort. Lentement, très lentement, il pressa son bassin contre le sien. Elle se tordit contre lui. Il ignorait si c'était en réponse ou si elle essayait de s'enfuir.

Il décida alors qu'il valait mieux en avoir le cœur net. Il baissa la tête et l'embrassa. Pas un léger baiser exploratoire. Mais un baiser exagéré, sans aucune subtilité, parce qu'il voulait savoir exactement où il en était. Maintenant. Il s'enfonça profondément dans le baiser, cherchant sa réponse. Lorsqu'elle passa ses bras autour de son cou, que ses cuisses s'enroulèrent autour de ses hanches et qu'elle lui rendit son baiser, il se figea. Puis il se perdit dans une brume de chaleur qui enflamma sa retenue, brûla les années de douleur… Il se sentait renaitre. Il caressa son visage, ses joues, ses yeux, son nez en l'embrassant encore et encore jusqu'à ce qu'il ressente quelque chose d'autre.

Il leva la tête pour voir des larmes couler lentement sur

son visage. Il se figea à nouveau.

— Je t'ai fait mal ? demanda-t-il, se détestant de l'avoir amenée à cette situation.

Elle leva un doigt et couvrit ses lèvres.

— Non, ne pense pas ça.

Facile à dire….

Elle lui attrapa les cheveux et l'entraîna vers elle, où la chaleur de sa bouche s'enfonça en lui, les scellant tous les deux, les fondant en un seul être.

Il y avait encore tant de vêtements entre eux. Il gémit.

Elle libéra sa bouche et ordonna :

— Ma chambre, maintenant.

Elle le repoussa, se leva d'un bond et se précipita dans la chambre. Guère plus lentement, il suivit la piste de ses vêtements, tandis qu'elle se déshabillait devant lui, pour finir à l'autre bout du lit, vêtue seulement d'un string. Il s'approcha d'elle, elle recula d'un pas.

— Bon sang, non. Tu portes beaucoup trop de vêtements.

— Je peux m'occuper de ça, susurra-t-il, la voix lourde de passion.

Quand il n'eut plus que son caleçon, elle s'avança.

— Je vais m'occuper de cette dernière partie.

Son corps frémit lorsqu'elle glissa ses mains sous l'élastique, sur son érection et s'agenouilla lentement devant lui.

Il ferma les yeux, l'esprit vide, tandis qu'elle posait ses lèvres sur son sexe.

— Mon Dieu, murmura-t-il dans un gémissement guttural.

— Continue de L'appeler. Il pourrait t'aider.

Elle laissa échapper un rire rauque et ajouta :

— Mais j'en doute.

Elle le saisit entre ses mains, le caressant lentement sur toute sa longueur, ses doigts frôlant délicatement ses couilles. Pendant ce temps, il restait immobile, le corps tremblant. Cela faisait si longtemps, et pourtant, en même temps, il savait qu'il ne pouvait pas aller plus loin, car une petite partie de lui disait que cela n'avait pas été assez long.

Se retirant, il la prit dans ses bras et la porta jusqu'au lit.

— Tellement impatient, dit-elle en la taquinant.

— Cela fait trop longtemps, admit-il.

Beaucoup trop longtemps. Il avait peur d'aller trop vite. De perdre le contrôle. De ne pas lui donner le plaisir dont elle avait besoin parce qu'il n'avait plus l'habitude.

Elle ouvrit grand les cuisses.

— Viens à moi maintenant.

Sa voix était sombre, de la couleur de la nuit, alors qu'il se laissait tomber, la recouvrant comme une couverture chauffante. Il saisit ses hanches, la maintint résolument et plongea profondément en elle. Un cri s'échappa de sa gorge tandis qu'elle l'enveloppait et le tenait fermement. Et puis… Il se perdit. Il s'enfonçait plus profondément encore et encore, la promesse des préliminaires s'étant évanouie dans cette folie.

Son corps se cambra et il entendit des sons qu'il n'avait jamais entendus auparavant.

Encore tremblant, il s'effondra sur ses coudes et la contempla. Il savait qu'elle n'avait pas atteint son propre orgasme. Sous son souffle, il murmura :

— Merde.

Elle lui caressa doucement le visage.

— Non. Cette fois, c'était pour toi. Il n'y a pas d'urgence. Nous avons toute la nuit devant nous.

Il embrassa le bout de son nez, sa langue glissant le long de ses pommettes.

— Qu'est-ce qui te fait penser que je veux un deuxième round ?

Elle se tortilla sous lui et ses yeux s'écarquillèrent lorsqu'il sentit son corps s'animer à nouveau.

— Cela ne devrait pas arriver, protesta-t-il.

Elle rit.

— Cela arrivera. Encore et encore et encore.

Chapitre 10

AU CŒUR DE la nuit, Kai s'écarta dans le grand lit. Immédiatement, les bras de Tyson la rattrapèrent. Même endormi, il la voulait près de lui.

Les larmes lui brûlaient les yeux.

Elle ne voulait pas manquer un seul de ces instants, se rapprochant encore plus, son corps pressé contre sa poitrine, sa tête sur son épaule. Cette nuit était si spéciale. Elle avait peur de s'endormir, puis de se réveiller et de découvrir que ce serait différent. Que tout avait changé. Elle se détendit contre sa peau chaude, et ferma les yeux, sentant sa force en elle.

— Tu vas bien ?

Elle l'embrassa doucement.

— Je vais bien. J'ai juste peur que le temps passe trop vite et que ce soit bientôt fini.

Il l'enserra doucement.

— Ce moment est peut-être terminé, mais nous en créerons d'autres.

Elle sourit, se déplaçant légèrement pour pouvoir lever les yeux vers lui. Les siens étaient fermés et son souffle était encore lourd et profond.

— Promis ? Promets-moi que ça ne changera pas demain matin ?

Ses paupières s'ouvrirent suffisamment pour que ses yeux

chauds de sommeil aient un impact puissant. Elle le fixa, hypnotisée par la passion qui l'habitait.

— Nous sommes arrivés à vivre ce moment, uniquement grâce à nous. C'est à nous de décider ce que nous ferons à partir de maintenant. Personne ne peut nous dire ce que nous pouvons ou ne pouvons pas faire. Nous n'avons de comptes à rendre à personne, seulement à nous-mêmes.

Il lui caressa le menton, ses doigts doux, délicats, remontant le long de sa joue pour effleurer les cheveux de son front.

— Si tu veux que ce moment se poursuive, faisons en sorte qu'il en soit ainsi.

— Et toi, veux-tu qu'il se poursuive ?

Il se pencha en avant et déposa un baiser sur son front.

— Absolument.

Heureuse, elle se blottit de nouveau dans ses bras. Il se décala légèrement. Elle roula sur le dos tandis qu'il se redressait au-dessus d'elle.

— Et… Personne n'a dit que c'était fini maintenant.

Et il se glissa en elle. À genoux, il lui tint les hanches, la maintint contre lui, ramena ses bras sur ses épaules et commença à bouger lentement.

Ce n'était pas l'ébat enflammé de tout à l'heure. C'était une rencontre plus lente, plus douce, unifiant corps et esprits. Peau contre peau. Regards scellés. Leurs corps se mouvaient, frissonnant à mesure que leur désir se répandait en eux.

— Tellement spécial, murmura-t-il.

Ses mots résonnèrent dans son esprit.

— Je veux préserver cette passion entre nous, pour toujours, chuchota-t-elle. Je ne veux pas la perdre.

— Ça n'arrivera pas.

Il lui caressa les seins.

— Je n'ai aucune objection à passer tous mes moments éveillés ainsi, ajouta-t-il avec un sourire malicieux.

Elle sourit et s'appuya sur ses coudes, son dos se cambrant de plaisir.

— C'est tellement bon !

Ses paroles l'invitèrent à continuer jusqu'à ce qu'elle soit obligée de s'accrocher à son cou, à lui.

Lorsqu'elle se réveilla une seconde fois, elle était entre ses bras. Elle sourit. Elle voulait qu'ils prennent leur temps. C'était trop important. Elle désirait un long chemin, pas juste un moment de plaisir. Elle ferma les yeux et essaya de se rendormir.

Mais, l'inquiétude s'empara d'elle. Préoccupée, elle souleva sa tête de l'oreiller.

Les bras de Tyson se resserrèrent autour de ses épaules, sa voix murmura contre son oreille :

— Reste tranquille.

Sur le qui-vive, elle se tourna vers lui pour croiser son regard. Il écoutait attentivement. Elle n'entendait rien de particulier, elle se fierait à son instinct de toute façon.

Lorsqu'il sortit lentement du lit, enfila son jean et saisit son pistolet, Kai réalisa que ce n'était pas rien. Il fallait qu'elle se procure une arme, vite. Elle ne voulait pas être abandonnée dans le lit et s'habilla rapidement. Il leva la main et lui fit signe de s'abriter vers l'armoire. Aplati contre le mur, il s'approcha de la porte de la chambre et y colla son oreille. Comment pouvait-il entendre quelque chose ? Peut-être qu'il n'entendait rien. Il ne fit aucun geste pour ouvrir la porte.

Fronçant les sourcils, il patienta. Puis il secoua la tête, haussa les épaules, ouvrit la porte et pénétra dans le salon.

Elle voulait le rappeler. L'intrus était-il parti ?

Dans son corps, la tension se relâcha.

Elle ne comprenait pas. Elle était encore trop perturbée. Elle le suivit dans le salon. Un peu en retrait, elle observa et attendit. Elle ne voyait rien. Lorsque Tyson marcha directement jusqu'à la fenêtre, elle comprit qu'il avait vu quelque chose. Elle se précipita à ses côtés. Il lui montra une note collée sur l'extérieur du carreau, près de l'endroit où s'ouvrait la glissière. Le message était visible.

Elle se pencha et lut :

Je sais ce que tu fais.

Elle haleta et fit face à Tyson.

— Qu'est-ce que ça veut dire ? Est-ce qu'il sait que nous le traquons ? Comment le pourrait-il ?

Sombrement, Tyson dit :

— Soit il a entendu ou vu quelque chose qu'il n'aurait pas dû voir. Ou bien… il suppose juste que nous le traquons parce qu'il sait que tu es allée voir la police. Encore une fois, nous ne pouvons que faire des suppositions.

Il prit une photo du mot et l'envoya à Ice. Puis il composa un numéro. Kai écouta pendant qu'il parlait à Levi.

— Avons-nous des caméras sur le toit ? Ou à l'extérieur ?

Tyson inclina la tête vers la fenêtre, comme s'il regardait le toit, puis son regard revint sur elle. Il acquiesça.

— Vérifie les bandes. Envoie-moi tous les visages possibles, j'interrogerai Kai à leur sujet.

Leur conversation se prolongea un peu.

Alors qu'elle se pelotonnait dans le coin du canapé, elle réalisa qu'il était déjà 5 heures du matin et que sa journée avait commencé. Elle ignorait où elle irait, mais dorénavant, ce connard savait manifestement qu'on le surveillait. Cela signifiait qu'il était doué. Des compétences folles. Cela changeait tout. Mais enfin, qui connaissait-elle pouvant faire une chose pareille ?

Tyson se plaça devant elle.

— Ice vérifie toutes les données pour voir s'ils peuvent l'apercevoir. Il a pu s'y prendre de plusieurs façons : descendre du toit, escalader l'escalier de secours… Ce n'est pas si difficile.

Il prit une grande inspiration.

— Ou peut-être même en tirant le mot avec un pistolet de paintball. Ils sont assez faciles à adapter à toutes sortes de projectibles. La plupart ne sont pas terriblement puissants, mais suffisamment pour faire ça.

Elle le considéra, étonnée, assimilant les informations avant d'acquiescer.

— C'est quand même assez audacieux. Ça ne ressemble pas vraiment au comportement d'un harceleur. On dirait qu'il s'agit d'une autre histoire.

— Alors maintenant, qu'est-ce qu'on fait ? grogna-t-elle.

— Tu ne vas pas aimer cette partie, annonça-t-il doucement. On ne fait rien, on attend. Tout le monde cherche dans les images, vérifie les noms, parcourt ton passé.

À ce moment-là, elle se redressa.

— Mon passé ?

— Oui, ton passé. Il a forcément croisé ta vie à un moment donné. Malheureusement, cela pourrait être simplement quelqu'un à ta banque, à une fête ou bien encore, autre chose, ailleurs. Nous le trouverons.

PERSONNE N'AIME ATTENDRE. Tyson, encore moins. Il préférait l'action. À l'air abattu que Kai arborait, il comprit que, il en allait de même pour elle. Il s'assit à côté d'elle et l'attira dans ses bras.

— Tu veux encore dormir, même si la nuit est presque finie ?

Elle rit et lui demanda :

— Depuis que nous avons éteint, combien de temps ai-je dormi ?

Il sourit et déposa un baiser sur sa tempe.

— Dans ce cas, que dirais-tu d'aller courir ?

Elle se retourna et lui jeta un regard surpris, puis réfléchit.

— Cela dépend de la distance que tu parcours ces jours-ci.

Il rit.

— Pourquoi ne pas faire cinq kilomètres juste pour voir comment tu te débrouilles sans repos ? Nous n'aurons plus beaucoup d'énergie ni l'un, ni l'autre. Mais j'ai besoin d'un exutoire, je suis trop nerveux.

— Tu ne préfères pas aller à la salle de sport pour que je te botte les fesses ? proposa-t-elle dans un sourire.

— Tu n'as pas besoin d'une salle de sport pour ça. Si tu préfères ça à une course, je suis d'accord.

— Non. Je ne veux pas être à l'intérieur. Je préférerais être dehors, ressentir le vent dans mes cheveux, sur mon visage. Je n'avais pas réalisé à quel point ça me manque. Mon travail m'amène à voyager de mon appartement à mon véhicule, de mon véhicule à mon bureau et vice-versa. Si je me rends sur le terrain, je suis heureuse. Mais c'est insuffisant.

— Nous devrons te faire prendre l'air davantage.

— Avec tout ce qui se passe, tu penses que c'est sûr ?

— Oui. Je serai relié au système de communication, pour qu'ils puissent nous entendre pendant que nous courons.

Kai acquiesça et descendit de ses genoux.

— À notre retour, je me changerai et prendrai une douche.

Tyson la regarda disparaître. Elle avait l'air d'aller bien. Un peu troublée peut-être, c'était une bonne raison pour aller courir. L'exercice leur ferait du bien. Il aurait aimé régler le problème autrement. Sans cet évènement, il lui aurait refait l'amour, mais l'ambiance n'était plus là. Pour le moment, c'était une meilleure option. Jetant un coup d'œil à son jean et à son tee-shirt, il réalisa que ce n'était pas le meilleur choix pour un jogging. Au moins, il avait ses baskets et ils n'allaient faire que cinq kilomètres.

Il se leva, attrapa deux gourdes d'eau dans son armoire et les remplit. Le temps qu'il finisse, elle était devant lui, vêtue d'un legging, d'un soutien-gorge de sport et d'un débardeur. Elle sortit une paire de baskets du placard de l'entrée, s'accroupit et les laça. Elle se releva en sautillant et fit quelques étirements. Elle se retourna, le regarda et lui demanda :

— Tu es prêt à partir ?

— Absolument.

Elle l'étudia et ajouta :

— Tu n'es pas vraiment habillé pour courir.

— Ça ira.

Kai acquiesça et déverrouilla la porte. Une fois dans la rue, elle s'enquit :

— Quelle direction ?

— Quelle qu'elle soit, on va se retrouver dans une jungle de ciment. Alors choisis ta route préférée.

— Je n'en ai pas. N'importe laquelle fera l'affaire.

— Dans ce cas, je préfère les chemins de traverse.

Tyson se mit à courir lentement pour s'échauffer. Il prit

la première à droite, restant dans les coins reculés.

— Ma montre peut nous donner la distance.

— Tu as une de ces applications odométriques ? Je l'avais sur mon ancien téléphone.

— Oui.

Au début, ils coururent en silence. Ils secouaient leurs bras, battaient des jambes et repoussaient ce début de journée troublant. Ils se mirent rapidement au diapason.

Elle lui indiqua un parc en disant :

— Il y a des champs à l'arrière.

Ils prirent cette direction, tandis qu'il gardait un œil attentif autour d'eux. Tyson la laissa courir légèrement devant et calqua ses foulées sur les siennes. Kai avait peut-être abandonné la course, mais n'était pas en reste en ce qui concernait la forme physique. Il savait parfaitement qu'elle pouvait probablement le dépasser. À bien des égards, ils étaient sur un pied d'égalité. Après la nuit dernière, il s'était rendu compte qu'ils étaient bien mieux assortis que ce qu'il avait espéré. Il était encore abasourdi par la rapidité avec laquelle ils s'étaient unis. Par le sentiment d'absolue justesse qui s'en dégageait. L'inquiétude le tenaillait encore, mais il voulait croire que Tracy serait heureuse pour lui. Cela faisait deux ans. C'était sûrement assez long.

— Quand nous serons dans le parc, j'aurai besoin d'ajuster mon lacet, déclara Kai, en respirant régulièrement. Le gauche est trop serré.

— On peut s'arrêter maintenant si tu veux.

Elle secoua la tête.

— Non, c'est bon.

Ils traversèrent la rue, profitant de l'absence de circulation. Arrivés au parc, ils ralentirent pour marcher. Elle s'approcha d'un banc, posa son pied dessus et desserra sa chaussure. Elle la réajusta, rebondit quelques fois et se retourna avec un sourire.

— On fait la course jusqu'au bout du terrain ?

C'est ainsi qu'elle s'élança vers la gauche.

Pris de court, Tyson fut immédiatement handicapé.

— Hé, protesta-t-il en courant derrière elle. C'est de la triche.

Son rire retentit tandis qu'elle prenait de la vitesse. Elle était l'une des rares personnes capables d'engranger de l'énergie. Elle était sacrément douée pour ça. Elle se déplaçait à la vitesse d'une balle. Il ne pouvait que la suivre. Bien qu'il fût hors de question qu'elle le batte à plate couture.

Les poumons gonflés, les pieds battant la mesure, il se précipita derrière elle, la rattrapa et était presque prêt à la dépasser, quand, dans une nouvelle accélération, Kai le dépassa encore. Il avait une bonne dizaine de foulées de retard lorsqu'elle atteignit le bout du parc, rebondit contre la clôture et se retourna pour se moquer de lui. Il n'essaya pas de ralentir sa vitesse et rebondit dans la clôture au-dessus d'elle.

Il s'arc-bouta juste avant de se retrouver contre elle. Leurs corps serrés l'un contre l'autre, il baissa la tête et l'embrassa. Chaud, transpirant, affamé, il dévora sa bouche avec une chaleur qu'il pensait avoir perdue depuis longtemps. Elle enroula ses bras autour de son cou, ses jambes grimpant sur son corps jusqu'à ce qu'il s'incline en arrière et dise :

— Waouh.

Il se dégagea doucement, son cœur battant la chamade. Apparemment, une fois sa libido ressuscitée, il n'y avait plus moyen de l'arrêter. Il essaya de se calmer, mais son corps refusa de coopérer. Il l'étudia, adossée à la clôture.

— Oui, je sais, nous sommes dans un lieu public, énonça-t-elle, la voix calme, pensive.

— Oui, c'est vrai.

— Dommage. Maintenant, je pense qu'il faut que je me défoule un peu plus.

Elle décampa de nouveau devant lui. Jurant et riant à la fois, il la poursuivit. Et c'est ainsi que les choses se passèrent pendant plusieurs kilomètres.

Finalement, il la rattrapa.

— Nous avons largement dépassé les cinq kilomètres.

— Oui. C'est tellement bon de prendre l'air.

Ils regardèrent autour d'eux, puis repartirent. Alors qu'ils atteignaient le coin où se trouvait son immeuble, ils ralentirent leur cadence et marchèrent pour se rafraîchir.

— Si on allait prendre un petit déjeuner ?

— Je suis partant. Prenons une douche d'abord.

Elle tourna son regard vers lui.

— Ensemble ?

Riant, toujours en train de se courir après, il la rattrapa une fois dans l'ascenseur. Lorsque les portes s'ouvrirent, elle se glissa sous lui et il la rattrapa à la porte de l'appartement. Lorsqu'ils arrivèrent à l'intérieur en riant, il lança un avertissement :

— N'oublie pas les caméras.

Son rire était strident. Elle se mit une main sur la bouche.

— Douche.

Elle se précipita vers la salle de bains.

Il entra dans la chambre et ferma la porte. Il se déshabilla et entra dans la douche derrière elle. Il pourrait s'y habituer. En grande partie.

Chapitre 11

APRÈS PLUSIEURS JOURS sans rien qui sorte de l'ordinaire, Kai se demanda s'ils avaient fait fuir son harceleur. Puis elle se souvint du mot sur sa fenêtre. En entrant dans le bureau, Tyson à ses côtés, elle lui chuchota :

— Est-ce qu'il attend juste que nous fassions un faux pas, que nous relâchions notre vigilance ou est-ce que tu penses qu'il y a une chance que vous l'ayez fait fuir ?

— C'est probable pour les deux premiers… Est-ce que ça veut dire qu'il a abandonné ? Je ne peux pas le dire.

— Tu ne peux pas non plus rester à veiller sur moi en permanence. Même si j'aime passer du temps avec toi, tu ne peux pas rester ici constamment. Tu as un vrai travail qui t'attend.

Kai évita délibérément de le regarder. Il n'était pas payé pour ça. C'était possible pour un jour ou deux. Mais cela fait maintenant cinq jours.

— Je doute qu'il laisse passer ça plus longtemps.

— Laisser passer quoi ?

— Te laisser t'en sortir alors que tu es avec moi. Ça le ronge, ça le rend malheureux, il est vraisemblablement en colère. Il voudra te punir pour l'avoir trompé.

Kai lui lança un regard indigné.

— Pour l'avoir quoi ?

Tyson acquiesça.

— Toi et moi savons que ce n'est pas vrai. Cela ne veut pas dire qu'il soit d'accord avec nous.

— C'est tellement bizarre de penser que quelqu'un, dehors, surveille chacun de mes mouvements.

— Même s'il n'a pas donné de signe depuis quelques jours, c'est le cas.

— C'est terriblement frustrant. Je veux un ennemi que je puisse identifier, quelqu'un que l'on puisse poursuivre. Se cacher dans l'ombre pour surgir dans le noir, c'est nul.

Tyson s'esclaffa.

— Tu es sûre que tu ne veux pas simplement que je disparaisse ?

— Bien sûr que non. Ça ne me dérangerait absolument pas de prendre des vacances avec toi. On pourrait s'évader et vraiment profiter, lui répliqua-t-elle en battant des cils. C'est amusant de jouer au papa et à la maman. Mais, il y a toujours cette pression en arrière-plan.

— J'espère qu'il va bientôt passer à l'action.

En entrant dans le bureau, elle constata que l'atmosphère était nettement plus tendue que d'habitude. Elle se concentra. Tommy était là mais évitait de la regarder. Elle s'approcha et lui demanda :

— Que se passe-t-il ?

Il voûta ses épaules et répondit :

— Ne me pose pas de questions, s'il te plaît.

Elle l'étudia un long moment, observa autour d'elle et demanda :

— Où est Warren ?

— Dans son bureau.

Elle frappa deux fois à sa porte. Pas de réponse. Comme il n'y avait pas de bruit à l'intérieur, elle frappa plus fort. La porte s'ouvrit sur Warren, debout, rouge de colère.

— Si je ne te réponds pas, c'est peut-être parce que je ne veux pas te parler.

Elle recula, surprise. Elle étudia son visage.

— Que se passe-t-il ?

Il lui lança un coup de menton.

— Tu le sauras quand mon avocat te contactera. En attendant, laisse-moi tranquille.

Et il lui claqua la porte au nez.

Elle fixa la porte d'un air ébahi, puis se tourna vers Tyson.

— Je n'ai aucune idée de la source de sa contrariété.

En jetant un rapide coup d'œil autour d'elle, elle s'aperçut que les autres gardaient studieusement leur visage, concentré, sur leurs bureaux. Soudain, elle réalisa que cela avait probablement quelque chose à voir avec le rachat de son entreprise.

— Comme si j'avais besoin de ça maintenant, marmonna-t-elle.

Cela dit, il n'existait pas de bon moment.

— Le problème doit être résolu d'une manière ou d'une autre, murmura Tyson.

Elle grimaça tandis qu'ils se dirigeaient vers son bureau situé dans l'angle. Elle alluma son ordinateur, attendit qu'il démarre et consulta sa boite mail. Tyson se tenait derrière elle, sans être indiscret. Elle fit apparaître ses courriels et en vit un de son avocat contenant un laconique « Appelez-moi ».

Elle attrapa son portable, composa son numéro et se dirigea vers la salle de réunion. Tyson se tenant à la porte, elle s'assit dans la salle vide et attendit que son avocat réponde. Lorsqu'il répondit, il éclata :

— Pourquoi avez-vous parlé aux médias ?

Choquée, elle répéta :

— Aux médias ?

— Oui. Vous le savez bien. Vous avez complètement détruit votre partenaire dans les médias, vous l'avez traité de tous les noms. J'en ai entendu parler toute la matinée par son avocat.

Elle se leva et se rapprocha de Tyson.

— Qu'est-ce que vous racontez ? Je n'ai parlé à personne.

Son avocat resta silencieux un moment et demanda :

— Vous êtes sérieuse ?

— Oui, bien sûr que je suis sérieuse. Peut-être devriez-vous m'envoyer ce que je suis censée avoir fait. Parce que, pour l'instant, je ne sais pas de quoi vous parlez.

— Quelqu'un vous déteste profondément…

Elle se figea, se retourna lentement pour regarder Tyson et dit :

— Eh bien, effectivement, quelqu'un me déteste profondément. La police est au courant. Pour l'instant, impossible d'identifier cette personne.

Le ton de son avocat devint vif.

— Racontez-moi. Pourquoi n'en ai-je pas entendu parler avant ?

— Il s'agit d'un harceleur. Rien à voir avec ma société. C'est pour ça que je ne vous en ai pas parlé, répliqua-t-elle sans ambages. Ça concerne la police.

Elle prit une grande inspiration et s'expliqua. Lorsqu'enfin, elle eut fini, elle put presque entendre les rouages s'actionner dans la tête de son avocat.

— Cela explique tout. Quelqu'un manipule votre vie, c'est certain. Je ne sais pas comment vous pourrez vous en sortir… Je doute que votre associé vous croie.

— Il devrait le comprendre. C'est aussi mon entreprise. Pourquoi ferais-je quelque chose qui pourrait nuire à nos propres intérêts ?

— Je l'entends. Son avocat est furieux.

— Je pense que c'est son travail d'être en colère sans raison, lança-t-elle, frustrée. Je n'ai pas à m'excuser, parce que je n'ai rien fait ! Le fait que je sois prise pour cible n'est pas de ma faute.

Elle raccrocha et s'assit sur une chaise de la salle de réunion.

— Bon sang, c'est vraiment bête.

À Tyson qui lui posait des questions précises, elle déballa toute l'histoire. Lorsqu'elle eut terminé, Warren traversa la salle d'un pas décidé.

— Je veux que vous fichiez le camp de ce bâtiment.

Tyson s'interposa entre eux, les bras croisés.

Warren ricana.

— Bien sûr. Avec qui as-tu baisé pour avoir un garde du corps ? Tu as probablement inventé toutes ces conneries, juste pour ajouter du piquant à ta vie. Ce que tu as fait ce matin est complètement aberrant.

Argumenter n'avait aucun sens. Elle ne savait même pas ce qu'elle était censée avoir fait, mais elle pouvait l'imaginer.

— Tu m'accuses d'avoir fait quelque chose dont je ne suis pas responsable et maintenant tu refuses de m'écouter.

— Parce que rien de ce que tu diras ne pourra me convaincre.

Elle annonça lentement :

— Dans ce cas, je pense qu'il est temps de mettre un terme à notre association.

— Tu peux racheter mes parts, décréta-t-il. Mes avocats sont en train de parler au tien.

Elle ricana :

— Vraiment ? Réunir une telle somme d'argent, risque d'être un peu difficile.

— Alors fermons et perdons tous les deux beaucoup d'argent.

— Donc, cela signifie que tu n'es pas intéressé par le fait de racheter mes actions ?

— Non. C'était déjà une entreprise en faillite quand tu l'as rejointe. Nous sommes en train de couler. Et après ce que tu lui as fait subir aujourd'hui, elle ne vaut vraiment plus rien. Je n'accepterai pas d'autres pertes. Rachète-moi, au même prix que tu as acheté ou nous devrons dissoudre l'entreprise.

Sur ce, Warren retourna dans son bureau en claquant la porte.

Apparemment, beaucoup d'argent allait être perdu et beaucoup d'emplois allaient partir en fumée. Kai resta longtemps assise à regarder le soleil se lever. Finalement, elle rappela son avocat et le questionna :

— Que se passe-t-il ?

— Warren cherche à vous céder ses parts. Au même prix que celui auquel vous avez acheté.

— Je n'en ai pas les moyens, déclara-t-elle simplement. Voyez si vous pouvez récupérer une partie de mon investissement.

Elle raccrocha, se leva et fit face à Tyson.

— J'ai besoin d'aller prendre l'air.

Elle marcha pendant ce qui lui sembla être des heures, l'esprit en ébullition, essayant de trouver une issue. Warren préparait probablement ça depuis longtemps déjà. Depuis la mort de Mark. Le fait que Mark lui ait légué ses parts avait achevé Warren. Tout s'était écroulé en même temps, lui donnant le contrôle que Warren n'avait jamais eu l'intention de lui céder. Ça avait été la goutte d'eau qui avait fait déborder le vase. Dès le départ, elle avait été fascinée par le potentiel de leur entreprise. Elle n'avait rien contre le fait d'en être l'unique propriétaire, mais y parvenir, c'était une autre histoire. Warren voulait un rachat. Elle n'avait pas les fonds nécessaires. Aller à la banque pour obtenir un tel prêt était probablement impossible.

Elle se rendit dans un café, en acheta deux, un pour Tyson et un pour elle et ressortit.

— Merci de m'avoir accompagnée, murmura-t-elle en s'asseyant à l'une des tables en terrasse.

Tyson haussa les épaules.

— Parfois, c'est la meilleure chose que l'on puisse faire. La vie n'est pas toujours amusante ou agréable. En ce moment, tu as, de toute évidence, un peu plus de problèmes que la plupart des gens.

Elle acquiesça.

— Comme le harceleur ne pouvait pas m'atteindre physiquement, il s'en est pris à moi professionnellement. Très intelligent.

— C'est logique, approuva-t-il lentement.

Kai se renfonça dans sa chaise et regarda au loin, son esprit ne s'arrêtant sur rien de particulier. Elle expira profondément. Elle se leva et se frotta la tempe.

— Eh bien, je ne m'attendais pas à ce que ma journée se déroule comme ça…

— La semaine a été rude.

Elle laissa échapper un grognement.

— Oui, c'est vrai. Et je ne vois pas comment je vais pouvoir m'en sortir.

— C'est parce que tu ne regardes pas.

Surprise, elle le dévisagea.

— Quoi ?

— Un monde plein d'argent. Contacte tes investisseurs.

— Oh, je l'ai déjà fait. Malheureusement, aujourd'hui, je n'ai pas les moyens de mettre des actifs en garantie. Après Warren, je ne veux plus de partenaire. À moins qu'il ne soit prêt à baisser son prix, je n'ai pas les fonds pour faire cavalier seul.

— Eh bien, il considère que sa société est en difficulté. Il veut vendre, alors un bon avocat le poussera à accepter la moitié de ce qu'il demande.

Un message arriva à ce moment-là. Elle le consulta et annonça :

— Encore l'avocat.

Il ne disait rien qu'elle ne sache déjà. Elle répondit rapidement :

« Je ne peux pas rassembler cette somme immédiatement, mais c'est plus envisageable. Je peux faire pression sur lui pour qu'il vende à moitié prix. Même si, j'aurai besoin d'aide pour trouver l'argent. »

Elle appuya sur « Envoyer » et se rassit.

— Même à la moitié du prix demandé par Warren, je n'ai pas autant d'argent.

— Tu connais Logan ?

Elle fronça les sourcils.

— Oui. Son père est un gros bonnet de l'armée.

Tyson opina.

— Oui. Il est à la retraite maintenant.

— Logan et Flynn étaient copains.

— Ils le sont toujours.

— Pourquoi m'en parles-tu ?

— Le père de Logan investit dans toutes sortes de

choses.

Elle étudia Tyson pendant un long moment.

— Comme des prêts ?

Tyson sourit.

— Cela dépend de ce qu'il pense être le plus intéressant : investir ou prêter.

— Je n'ai aucune idée de ce qu'il faut faire. Il y a une sacrée différence entre un partenariat et un remboursement.

— Oui. Je suggère que nous fassions quelque chose d'amusant pour le reste de la journée. Ça te permettra de te changer les idées…

Kai refusa.

— Je ne peux pas faire ça. J'ai un tas de coups de fil à passer, des gens à contacter pour réparer les dégâts causés aujourd'hui. De plus, je suis censée faire une séance d'entraînement demain, que je vais probablement devoir annuler. Sans compter que nous avons d'autres outils que je dois promouvoir aussi.

— As-tu consulté tes courriels, tes SMS ?

— Seulement ceux de mon avocat. J'ai réglé son numéro sur une certaine sonnerie pour savoir quand il me contacte. Pour le reste, le rythme est soutenu.

À ce moment-là, elle attrapa son téléphone, consulta ses messages et lui brandit pour qu'il puisse prendre connaissance des vingt-deux messages non lus.

— OK. Alors retournons à ton bureau. Les affaires sont les affaires. Qu'il pleuve ou qu'il vente, cela reste les affaires.

Au bureau, le personnel travaillait dur et évitait de la regarder. La porte de Warren était fermée à clé, lumières éteintes, Kai se tourna vers Tommy.

— Il est parti pour la journée ?

Tommy acquiesça.

Elle se dirigea vers son bureau et se mit au travail.

Personne ne dit plus un mot. Ces quelques heures étaient très inconfortables, mais elle avait tellement de travail que cela n'avait pas d'importance. Elle garda la tête baissée et se concentra sur ses missions. Lorsqu'elle en eut fini avec les courriels, les textos d'excuses et d'explications simples, elle eut l'impression que quelqu'un l'avait passée dans une vieille machine à essorer. Pendant tout ce temps, Tyson était resté assis à côté d'elle sur son téléphone.

Kai n'avait pas la moindre idée de ce qu'il faisait. Elle devait croire qu'il faisait quelque chose d'utile.

Le personnel restait silencieux, la tête baissée, concentré sur son travail. Kai réalisa à quel point son environnement de travail était devenu tendu et gênant.

Voulait-elle conserver cette entreprise ? Pouvait-elle continuer à travailler avec eux ? Tommy probablement. Les autres, pas sûr. Voulait-elle porter la responsabilité de leur gagne-pain ? Pour l'instant, elle n'avait pas les fonds pour un rachat. Mais si c'était le cas ? Que ferait-elle ? Elle avait déjà beaucoup investi dans cette société.

Elle ne pouvait pas se permettre de tout perdre, alors quoi ? Continuer à boiter ? Racheter les actions de Warren ? Bien sûr, pour beaucoup moins cher maintenant…

À la fin de la journée, Tommy se leva et partit, suivi par les autres, comme s'ils avaient prévu de partir en groupe. Kai aurait voulu leur dire au revoir, mais comme ils ne lui dirent rien, elle les laissa s'en aller en silence.

Son téléphone sonna.

— Allô, Levi.

Elle se rassit avec un soupir fatigué et demanda :

— Des nouvelles ?

— Non, mais pour une campagne de diffamation, celle-ci a été relativement courte. J'ai parlé à plusieurs personnes qui m'ont dit avoir entendu des rumeurs selon lesquelles votre entreprise avait des problèmes financiers. Je n'ai pas eu de sources pour confirmer ces rumeurs.

Il se racla la gorge.

— Nous avons trouvé quelque chose d'étrange. Une personne a raconté avoir entendu dire que tu avais peut-être quelque chose à voir avec la mort de Mark.

Trop choquée pour parler, le silence envahit le téléphone jusqu'à ce qu'elle arrive à articuler :

— Mon Dieu. C'était mon ami.

— Tu as hérité de ses parts…

— C'est triste que quelqu'un puisse envisager cela, reprit-elle. Les gens ne savent plus quoi inventer.

Elle laissa échapper un petit rire, mais son cœur se brisa à l'idée que quelqu'un puisse penser cela de Mark et d'elle.

— Eh bien, j'espère que cela s'éteindra rapidement et que je pourrai retourner à l'anonymat. Que l'on me prête ce genre d'intention n'est pas mon truc.

Le ton de Levi était calme et empathique lorsqu'il répondit :

— Non, aucun d'entre nous ne veut que les projecteurs soient braqués sur lui de cette façon.

Après une pause, il ajouta :

— Tyson nous a dit que cela a engendré une rupture dans votre partenariat. Est-ce exact ?

— Oui. On peut dire cela. Même s'il est évident qu'il existait une faille dans notre association depuis longtemps. Warren était contre l'idée de me vendre des parts. Tant qu'il conservait la majorité, il pouvait s'en accommoder. À la mort de Mark, j'ai hérité de ses parts et l'équilibre des pouvoirs s'est modifié. L'attitude de Warren a changé du tout au tout.

Il est devenu très négatif, un élément perturbateur.

— Y a-t-il une possibilité qu'il soit à l'origine de tout ça ? demanda Levi. Nous enquêtons sur la relation entre Warren et Mark. Nous faisons toujours des recherches sur l'accident de Mark.

Elle écarquilla les yeux.

— Je ne sais pas, formula-t-elle. Je ne vois pas pourquoi il le ferait. Si nous parvenons à maintenir cette entreprise, à aller de l'avant, il risque de gagner beaucoup d'argent.

— Mais s'il n'aime pas la structure de votre société, s'il ne croit pas en toi, si la situation dans laquelle il s'est mis l'insupporte, peut-être veut-il simplement partir.

Elle s'inclina en arrière et se frotta la nuque.

— C'est possible. C'est juste que je ne vois pas comment trouver une telle somme d'argent…

— Une autre des raisons de mon appel. J'ai parlé à Gunner. Je ne sais pas si tu le connais.

— Le père de Logan. Tyson l'a mentionné.

— Oui, il veut te rencontrer. Au moins te parler. Examiner les options.

— Je ne suis pas sûre d'être prête à accueillir un autre investisseur, énonça-t-elle prudemment. J'ai mis beaucoup de cœur dans cette entreprise l'année dernière. C'est vraiment un mauvais moment à passer.

— Peut-être, et peut-être qu'il t'accorderait un prêt à la place. Ce serait la meilleure chose à faire. Le produit que vous avez créé est phénoménal. Je connais pas mal de financiers qui aimeraient investir. Mais si tu ne veux pas, je comprends.

— Je n'en ai aucune idée pour l'instant, avoua-t-elle. Je dois parler à quelques personnes. Voir quelle est la meilleure option.

— Parle à Gunner. J'ai confiance en lui. Il ne t'arnaquerait pas. Il a fait le tour de la question plusieurs fois. Tu as besoin de conseils en ce moment.

Elle remercia Levi et raccrocha.

— Gunner veut me parler.

Tyson lui lança un regard surpris.

— C'est l'une des choses que j'aime chez Levi. On parle de quelque chose et, sans poser de questions, il s'en occupe. C'est un homme d'action, pas seulement un penseur.

Elle sourit lentement.

— Gunner est-il digne de confiance ?

— Je n'ai jamais fait affaire avec lui directement, donc je ne peux pas te le certifier. Mais je n'ai jamais entendu que des éloges à son sujet.

Elle considéra les coordonnées que Levi lui avait données.

— Lui parler ne peut pas me porter préjudice.

Elle appela et fut immédiatement mise en relation avec Gunner. Vu les circonstances, tout le monde était d'accord pour se contenter d'une brève conversation téléphonique pour le moment. Lorsqu'elle posa son téléphone, elle se leva et conclut :

— Gunner a de bonnes idées. Je vais prendre en compte certaines de ses suggestions. En attendant, il faut que je sorte d'ici.

— C'est le bon moment. Il est plus de 18 heures de toute façon.

— Vraiment ?

Elle consulta sa montre et secoua la tête.

— Je ne m'attendais pas à ça. Je n'avais pas réalisé qu'il était déjà si tard.

— Ça arrive quand on s'amuse bien, lança Tyson avec

un sourire en se levant et en patientant le temps qu'elle ramasse ses affaires. Il fit le tour des bureaux.

— Connais-tu le passé de tes employés ? Sais-tu quelque chose sur eux ? Avant d'acheter la société, as-tu fait des recherches sur l'honnêteté des propriétaires, des salariés ? Les cerveaux qui travaillent pour une entreprise sont importants. Sais-tu que l'un d'entre eux était militaire ?

Kai acquiesça.

— Oui. Larry, je crois.

— Il était parachutiste et, d'après les personnes que j'ai contactées à son sujet, il était très doué pour entrer et sortir d'endroits où il n'était pas censé aller.

Elle stoppa net, alors qu'elle se dirigeait vers la porte d'entrée. Elle fit volte-face et le dévisagea.

— Comme pour cette note sur la fenêtre de mon salon ? Ou pour entrer dans ma chambre ?

— Les deux sont possibles. Et s'il ne s'agissait pas de te harceler personnellement ? Et si c'était plutôt Warren et Larry qui travaillaient ensemble pour te pousser à vendre ? En espérant que tu le supplies de te racheter, à prix bradé, pour que tu puisses quitter la ville ?

— À l'époque, il n'avait pas d'argent. Comment pourrait-il en avoir aujourd'hui ? D'ailleurs, il ne m'a jamais rien évoqué de tel.

— Tu ne sais pas où il en est financièrement aujourd'hui. Et c'était peut-être ce qui était prévu à l'origine avant que quelque chose ne change. Demandons à Ice de se renseigner sur la situation actuelle de Warren. On comprendra peut-être pourquoi il veut vendre…

Elle secoua la tête.

— Je ne te suis pas. Comment cette explication peut-elle avoir un sens ? Pourquoi créer cette vilaine tempête médiatique ?

— Pour augmenter la pression sur toi ?

Tyson haussa les épaules.

— Pour dévaloriser l'entreprise ? Il avait déjà besoin d'argent. Il a été obligé de t'accepter comme copropriétaire. Puis quand tu as repris les parts de Mark, votre partenariat s'est rapidement détérioré. Avec un harceleur, peut-être a-t-il pensé que tu vendrais volontiers et quitterais la ville ? Mais maintenant que la police est impliquée, peut-être craint-il un certain nombre de désagréments, de vérifications sur ses antécédents, sur sa vie privée ? Il se rend peut-être compte qu'il risque de se faire inculper pour avoir commis un acte criminel quelconque. Et peut-être que maintenant, veut-il juste tenter de s'en sortir ? S'il parvient à te convaincre de la racheter au même prix que la dernière fois, il peut récupérer son argent et s'enfuir. Avec un peu de chance, il pourrait même aussi éviter la prison pour ce qu'il a fait.

Elle se retourna pour fixer le bureau de Warren.

— Tu penses qu'il a demandé à Larry de l'aider ?

— Possible. Ou s'il a eu l'aide de Larry au début, peut-être que son aide a pris une tournure différente par la suite ?

Kai fixa Tyson.

— C'est…

Il acquiesça.

— Ce ne sont que des hypothèses. Mais le comportement de Warren n'a rien de normal. Et maintenant que nous savons qu'il a quelqu'un travaillant pour lui et possédant les compétences nécessaires pour faire tout ce qui a été fait jusqu'à présent…

— Vous vérifierez si Larry a un casier judiciaire ? S'il a déjà eu des problèmes avec des petites amies, si des accusations d'agression ont déjà été abandonnées, ce genre de choses ?

— Levi et Ice sont en train d'approfondir la question. Ainsi que son dossier militaire. Nous aurons bientôt des réponses, promit Tyson.

Elle secoua la tête.

— Ce ne sera jamais assez tôt.

Ils sortirent du bureau et verrouillèrent derrière eux. Kai se tint à la porte et dit :

— Nous pouvons accéder à l'ordinateur de Warren, tu sais. Je possède cinquante et un pour cent de la société. Tout ce qui est sur les disques durs est à moi et pour ce qui est d'extraire des informations…

Tyson lui adressa un semblant de sourire.

— C'est déjà en cours.

Elle gémit.

— Peut-être que je ne veux pas savoir.

Il se mit à rire et l'entraîna vers le soleil.

— En effet, peut-être que tu ne veux pas.

TANT QUE L'ENQUÊTE était en cours, Kai n'avait pas besoin de s'inquiéter de l'absence de progrès. Tyson, lui, devait admettre qu'il voulait mettre la main sur le connard qui la harcelait. Warren était son principal suspect, mais ce n'était pas parce qu'il était extrêmement désagréable qu'il était le coupable.

— On rentre à la maison pour cuisiner ? Ou tu préfères aller au restaurant ? Ou bien on prend un pique-nique et on va dans un endroit tranquille ?

— La dernière option, répondit-elle immédiatement. Peut-être que ça calmera la tempête dans ma tête.

— Non, probablement pas. Mais ça pourrait aider.

Ils marchèrent jusqu'à une sandwicherie située à quelques rues de là et commandèrent ce dont ils avaient envie. Une petite épicerie se trouvait à côté, où Tyson acheta des fruits et des bouteilles d'eau. De retour auprès de la voiture, il lui demanda :

— Ça te va si je conduis ?

Kai acquiesça et s'installa côté passager avec leurs courses.

— Si tu as un endroit en tête, allons-y.

Il connaissait plusieurs endroits. Il en choisit un moins fréquenté. Il savait que Levi et Ice pourraient suivre le véhicule et savoir où ils se trouvaient. Lorsqu'il s'arrêta sur le petit parking vide, il lui indiqua l'étendue d'eau, située devant eux.

— J'ai trouvé cet endroit juste après mon arrivée.

— C'est parfait.

Elle attrapa leur repas, son pull, enferma son sac à main dans la boîte à gants et sortit de la voiture. Ils marchèrent jusqu'au bord de l'eau et s'installèrent. Elle inclina son visage vers le soleil et sourit.

— Jusqu'à aujourd'hui, je pensais que tout allait bien.

— Les choses arrivent sans raison. Et tu dois juste te frayer un chemin à travers tout ça.

Elle gloussa et se tourna vers lui.

— C'est une bonne citation.

Il lui fit un sourire en biais, appréciant le retour de la joie chez elle. C'était dur de voir quelqu'un que l'on aimait stresser autant.

— Et si tu en es d'accord, réfléchis au moins à ce que le père de Logan pourrait faire pour toi.

— Il faut que je parle à mon conseiller financier pour voir ce qu'il en pense aussi.

Elle fixa l'eau en silence, prit un petit caillou à côté d'elle et le lança à la surface. En regardant les ondulations se propager, elle dit :

— Je savais que Warren ne serait pas le plus facile à gérer, mais Mark était génial, alors je me suis dit que ça valait le coup. Puis il est mort…

— Je sais.

— Cela n'a aucun sens que Warren veuille partir maintenant, déclara-t-elle. Si tu y réfléchis, nous avons un bon produit. Une fois que nous l'aurons mis sur le marché des jeux, il aura un succès considérable. Pourquoi Warren veut-il se retirer avant de profiter de ses bénéfices ?

Kai avait raison. C'était une question à laquelle Tyson n'arrivait pas à répondre.

— Tu sais ce qu'il se passe dans sa vie privée ?

— Non. Il a divorcé il y a quelques années. Il a eu quelques petites amies depuis, mais rien de sérieux.

Tyson réfléchit.

— Je pense qu'il nous faut comprendre ses motivations. Il est possible qu'il soit menacé. Il est possible que ton harceleur vous ait atteint tous les deux. Même si, dans ce cas, cela n'aurait rien d'un schéma classique de harcèlement.

— J'ai tellement peur qu'il y ait un problème avec un logiciel produit, que nous ne possédions pas les brevets que nous sommes censés détenir… Que tout soit sur le point de s'effondrer sur moi…

Il la regarda d'un air sévère.

— Si c'est le cas, il faut que tu le découvres rapidement. Parce que s'il a connaissance d'un truc comme ça et qu'il ne te le dit pas…

Elle acquiesça, sortit son téléphone et envoya un message détaillé à son avocat. Quand elle eut fini, elle le laissa tomber à côté d'elle et déclara :

— Mon Dieu, je déteste cette merde.

Il joignit ses doigts aux siens.

— Et si tu oubliais tes problèmes en mangeant quelque chose ?

Elle fixa les paquets à côté d'elle.

— Tu te souviens à qui appartient quel sandwich ?

Il en sortit un avec ses initiales et le lui tendit. Elle l'ouvrit et en prit plusieurs bouchées.

— Oh, mon Dieu, c'est bon, gémit-elle.

Elle jeta un coup d'œil au sien.

— Le tien est rempli de piment. Tu ne sentiras rien d'autre.

Il ne put répondre car il avait la bouche pleine. Lorsqu'il eut avalé, il lui confia :

— J'aime la nourriture épicée.

— J'aime la nourriture épicée tant qu'un peu de saveur accompagne la chaleur.

Lorsqu'il eut mangé la plus grande partie de son sandwich, il attrapa une bouteille d'eau et en prit une grande gorgée. Son téléphone sonna. Il le sortit et appuya sur la touche « Haut-parleur ».

— Levi, quoi de neuf ?

— Warren prévoit de quitter le pays. Il a réservé des vols depuis Dallas dans six jours.

Les sourcils de Kai se soulevèrent.

— Pourquoi pas de Houston ?

— Aucune idée. La question la plus importante est de savoir où il va, ajouta Tyson.

— Sur l'ordinateur de son bureau, il a fait des recherches sur la vie d'un expat en Thaïlande ainsi que sur la disparition complète, précisa Levi.

— Et si l'entreprise ne possédait pas l'un des brevets qu'elle est censée détenir ou si quelque chose d'illégal se passait ?

— Nous sommes en train de creuser cette piste. Nous vous appellerons si nous trouvons quelque chose, déclara Levi. Mais est-ce que cela fait de lui le harceleur ?

— Pas nécessairement. Pas s'il essaie de quitter le pays, répondit Tyson.

— Il y a beaucoup d'argent est en jeu, ajouta Kai. Il doit se passer quelque chose de très grave pour qu'il parte sans le récupérer.

Lorsque Levi eut raccroché, Kai sentit la peur l'envahir par vagues.

— Bon sang. Ai-je vraiment fait un mauvais investissement ?

— Tu avais fait tes recherches avec toute la diligence requise ?

— Oui. Mais si Warren est un menteur, un tricheur, un voleur… alors j'ai peut-être raté quelque chose.

— Donne à Levi une chance de creuser. Ce n'est pas la première fois qu'il voit ce genre de choses.

Tyson haussa les épaules.

— Pour l'instant, ce ne sont que des suppositions.

— Et c'est très frustrant.

Il acquiesça en lui tendant une bouteille d'eau.

— Tu n'es pas seule. Ne l'oublie pas.

Avec la suite des nouvelles de Levi, Tyson devait admettre qu'il y avait trop de possibilités différentes, dont ils n'avaient pas encore vraiment connaissance. Il ne se sentait pas très à l'aise, quelle que soit celle qu'il choisissait. Warren était une ordure, mais cela ne faisait pas de lui un criminel. S'il était impliqué, c'est qu'il avait été effrayé. Il n'avait aucune autre raison de vendre ses actions au-dessous de leur valeur, juste avant de faire un énorme bénéfice. La peur était un sacré moteur. Les types comme Warren étaient faibles, faciles à manipuler. La vraie question consistait à savoir ce qu'il se passait vraiment avec le harceleur. Warren avait-il quelque chose à voir avec ça ?

Kai se leva d'un bond et se retrouva à ses côtés.

— Marchons. J'ai l'impression d'être une cible facile ici.

Il rangea leurs déchets et la rattrapa sur le chemin. Il surveillait mais ne voyait rien.

Alors qu'ils approchaient du parking, il entendit un seul, un unique craquement. Il la plaça immédiatement derrière lui et ils s'appuyèrent derrière un groupe d'arbres.

— Maintenant, mon harceleur a une arme ? chuchota Kai.

— Mais moi aussi, répliqua Tyson d'une voix dure.

Il se baissa, sortit un petit pistolet de son holster de cheville et le lui tendit.

— Et toi aussi.

Elle le fixa un long moment, puis le lui arracha des mains.

— Quand j'ai quitté l'armée, j'espérais que cette vie était finie.

— Vu la tournure du monde actuel, cette vie ne sera peut-être jamais terminée. Si tu n'as pas d'arme de poing, utilise mon arme de rechange, jusqu'à ce que nous puissions t'en procurer une.

Il fouilla les alentours mais ne trouva rien sortant de l'ordinaire.

— Il monte en puissance, comme nous le pensions.

À travers les bois, il repéra leur SUV, seul, sur le parking. Il n'y avait personne d'autre dans les parages. Ils attendirent, mais rien d'autre ne se produisit. Ordonnant à Kai de ne pas bouger, Tyson se précipita vers leur véhicule pour l'examiner de plus près. Il appela Levi.

— Quelqu'un a tiré sur l'un de nos pneus.

— Merde. Restez cachés, répondit-il. J'arrive.

Rester caché n'était pas exactement ce que Tyson avait envie de faire, mais il ne pouvait en aucun cas laisser Kai seule. Il ne pouvait pas prendre ce risque. Il n'y avait aucun moyen de savoir si le tireur travaillait seul ou si quelqu'un arrivait derrière lui en ce moment même. Il se précipita vers elle.

— Levi arrive. La voiture a un pneu crevé.

Kai était pâle mais ne dit pas un mot. C'était quelque chose qu'il aimait vraiment chez elle. Elle était quelqu'un de bien, de solide, de fiable, qui ne paniquait jamais en cas d'urgence.

Sur l'autoroute, il aperçut un véhicule garé sur le bas-côté. Il fit signe à Kai de s'approcher, lui demandant si elle repérait autre chose, en dehors du fait qu'il s'agissait d'un camion.

Elle l'étudia, puis secoua la tête.

— Non. Pour moi, ce n'est qu'un camion.

Il sortit son téléphone et appela Ice.

— Un camion se trouve sur l'autoroute, juste après la sortie du parc. Peux-tu l'afficher sur le satellite et l'identifier ?

Il étudia l'horizon et aperçut un autre toit.

— Il y a aussi une voiture.

— Je m'en occupe. Levi devrait être là dans dix minutes, précisa Ice.

— Il était en ville ?

— Il a été en ville presque toute la journée, dit-elle. OK. Je les ai. Maintenant, je vais m'occuper des plaques d'immatriculation. Je dois y aller.

Tyson rangea son téléphone.

— Ice a confirmé qu'une voiture et un camion se trou-vaient là-haut. Elle essaie de les identifier.

— Mon harceleur aurait donc détourné le GPS du SUV de Levi pour nous suivre ?

— Il n'a pas vraiment eu besoin de le faire. Il a mis son propre traceur dessus. Je l'ai trouvé hier.

Elle lui fit face et le considéra avec indignation.

— Tu ne m'as rien dit.

Il la dévisagea.

— À quoi bon ? Tu as assez de soucis comme ça.

Chapitre 12

TOUJOURS VEXÉE D'AVOIR été écartée de cette information, Kai observa, depuis sa cachette dans les arbres, Tyson s'approcher des véhicules garés sur le bord de l'autoroute. Elle ne les avait pas remarqués de prime abord. Comme Levi et Jace étaient arrivés pour aider Tyson, ils voulaient vérifier la zone.

Kai se tint à l'écart pendant qu'ils marchaient, prenaient des photos des traces, avançaient en étudiant le sol. Malgré toute son expérience militaire, elle n'avait pas leurs connaissances en matière de pistage. Elle se demandait si cela n'avait pas plus à voir avec leur entraînement de SEAL.

Les femmes n'étaient toujours pas autorisées à faire partie de ce groupe d'élite, mais les temps changeaient. Un jour ou l'autre, une femme serait SEAL. Kai se demandait si ce serait tout ce que cette femme attendrait. C'était l'un des derniers bastions masculins. Elle n'imaginait pas que les deux camps puissent prendre ça à la légère. Non pas que les SEALs soient sexistes, mais ce groupe représentait le territoire masculin suprême. En même temps, Kai savait que si la femme était capable et que si son unité lui faisait confiance, les hommes n'y verraient aucun inconvénient. Il suffisait de regarder Ice.

Tyson revint vers Kai et annonça :

— Nous pouvons partir maintenant.

— Levi et Jace nous accompagnent ? s'enquit-elle en s'approchant du côté passager.

— Oui. Nous nous rendons au domaine pour que je prenne des vêtements et voir si Ice a trouvé quelque chose de plus.

Surprise, bien que tout à fait d'accord avec l'idée de visiter le manoir, Kai verrouilla sa portière.

— Je connais Levi depuis longtemps, dit Tyson à voix basse. Je viens de commencer à travailler pour lui et pourtant, je suis toujours étonné de ce qu'il est capable d'accomplir.

— C'est un peu une légende, oui. Je suppose que tu connais aussi Mason ?

Le visage de Tyson se fendit d'un grand sourire.

— Qui ne connaît pas la joyeuse bande de gardiens de Mason ?

Kai s'esclaffa.

— Le truc, c'est que je pense que la plupart des hommes s'engagent dans son unité juste pour pouvoir faire partie de leur bande.

— C'est drôle. Levi a peur que la même chose se produise dans son groupe.

— Tu sais, déclara-t-elle en se tournant vers lui. À un moment donné, tu aurais été plus qu'heureux d'être inclus dedans.

— Absolument. Quand Tracy était là, j'avais l'impression d'être un gardien. J'avais l'impression de faire partie des élus.

— Et maintenant ? le questionna-t-elle curieuse. Qu'est-ce qui a changé ?

Tyson haussa les épaules.

— Tout et pourtant, en même temps, rien.

Prenant cela comme une pirouette pour mettre fin à la conversation, Kai s'installa confortablement et regarda la campagne défiler devant eux.

— C'est comment de vivre dans le manoir ?

— Demande-le moi dans six mois, quand j'en aurai, vraiment, fait l'expérience.

— C'est vrai, c'est tout nouveau pour toi. Et pour Michael et Jace ?

— Ils sont tous les deux nouveaux aussi.

Après cela, il n'y eut plus grand-chose d'autre à dire, alors elle resta silencieuse. Son avocat lui avait envoyé plusieurs messages, mais aucune solution n'avait encore été trouvée.

— Mon avocat me dit qu'il a eu une discussion avec l'avocat de Warren, mais qu'ils attendent qu'il réponde à certaines questions.

— Est-il en mesure de le faire ?

— Que veux-tu dire ? lui demanda-t-elle, surprise.

— Il fuit. Il y a forcément une raison. Si c'est suffisant pour qu'il vende tout et quitte le pays, il y a de fortes chances qu'il soit en danger. En grand danger.

La mâchoire de Kai se décrocha.

— Je croyais juste qu'il était lâche…

— Je suis presque sûr que nous allons découvrir que c'est bien plus que cela, déclara-t-il songeur.

— Tu ne suggères pas vraiment, qu'il n'a pas répondu à ses courriels parce qu'il ne le peut pas, n'est-ce pas ?

— Je ne sais pas… Mais je pense que, ce soir, sur le chemin du retour, s'il n'a toujours pas répondu, nous passerons chez lui. Nous verrons bien.

À ce moment-là, ils quittèrent l'autoroute et passèrent, en klaxonnant légèrement deux fois, devant le centre de sauvetage des animaux d'Anna, pour lui faire savoir que c'était eux.

— Je n'ai pas beaucoup entendu parler de ce centre. C'est la maison de Flynn, n'est-ce pas ?

— C'est le centre d'Anna. La femme de Flynn. Elle travaille à la réhabilitation des animaux en vue de leur adoption.

— C'est admirable, dit doucement Kai. Ce n'est pas juste que les animaux fassent les frais de la laideur humaine.

— Non, ce n'est pas juste. On m'a dit que, chacun, dans le groupe, aidait à tour de rôle quand il le pouvait.

Elle lui jeta un coup d'œil et rit.

— C'est vrai ? C'est bien.

Il lui adressa un sourire.

— Je ne suis pas là depuis assez longtemps, mais comme c'est une association à but non lucratif, qui ne fonctionne qu'avec des dons, j'imagine qu'il peut y avoir des moments où Anna a besoin d'un coup de main, de bénévoles.

— Et Flynn est très ami avec Logan ?

— Oui et cela nous ramène à Gunner.

Elle s'installa tandis que l'enceinte du domaine se dessinait.

— Levi a construit un sacré truc ici.

— En effet.

Tyson arriva et se gara.

— Il faut que je prenne des vêtements de rechange pendant que je suis ici.

— J'en déduis que tu penses que je vais avoir besoin de ta surveillance pendant un certain temps encore ? plaisanta Kai en sortant du SUV.

— Tant que nous n'aurons pas réglé cette affaire, lança Levi, à côté d'elle.

Il s'était approché si silencieusement qu'elle ne l'avait pas entendu arriver.

Elle lui fit face.

— N'oublie pas que je ne peux pas vous payer pour tout ça.

— Nous n'avons rien demandé. Parfois, nous devons aider les nôtres.

— C'est la chose la plus gentille qu'on m'ait dite depuis longtemps, lui confia-t-elle en l'étreignant.

Levi passa un bras autour de ses épaules et l'entraîna à l'intérieur.

— Je sais que tu viens de manger, mais je suis presque sûr qu'Alfred se prépare à servir le dessert.

— Parfait, déclara Kai. Si j'ai de la chance, Tyson pourra m'en laisser.

Levi ricana.

— Ce n'est pas de Tyson qu'il faut s'inquiéter. Tu as vu ce que Stone mange ?

En entrant, ils trouvèrent Stone assis devant une conséquente part de cheesecake. Il leva la tête d'un air coupable, les reconnut et leur fit un grand sourire.

— C'était la dernière part.

Levi se figea et l'injuria.

— Je t'ai eu, lui avoua Stone en s'esclaffant.

Il désigna l'autre bout de la table où un énorme cheesecake attendait.

— Comme si Alfred allait me laisser prendre la dernière part, se moqua-t-il.

Ice sortit de la cuisine avec deux assiettes à la main. Elle en tendit une à Levi.

Kai était fasciné par cet aperçu de leur vie privée. Elle s'assit à côté de Stone.

— Je suis étonnée que tu puisses ingurgiter une telle

quantité de nourriture.

Il la regarda avec de grands yeux et un sourire.

— Je dois garder mes forces. Ma Lissa n'aime pas que je sois trop maigre.

Une belle blonde éclata de rire, de l'autre côté de Stone. Elle se pencha en avant.

— Je suis Lissa.

— Kai.

Lorsque Kai se retourna vers la table, elle vit Tyson déposer deux assiettes de cheesecake, une devant elle et une pour lui. Il lui désigna la cafetière.

— Il y a du café aussi, si tu veux.

Puis il s'assit et commença à engloutir son cheesecake comme s'il n'avait pas mangé depuis un mois.

Elle se rendit compte que, compte tenu de la quantité de nourriture qu'il devait avaler ici régulièrement, il n'avait pas eu assez chez elle.

À ce moment-là, Alfred entra, un grand sourire flottant sur son visage.

— Alfred, ta confiture maison, décréta Tyson lorsqu'il put parler après avoir dégluti. Donne à ce plat un petit quelque chose en plus.

— Et j'en suis ravi, dit Alfred. C'est encore plus facile maintenant que j'ai de l'aide.

Une autre femme émergea de la cuisine avec deux grandes cafetières et fit le tour de la table, remplissant chaque tasse.

— Bonjour, je m'appelle Bailey. J'ai manqué votre visite l'autre jour.

— Vous voulez dire, quand ma vie était normale ? plaisanta Kai.

Bailey acquiesça en posant les cafetières fraîches sur le

buffet avant d'enlever les deux plus anciennes pour les mettre à leur place.

— Non, ce n'était pas le cas, répliqua Tyson en posant sa fourchette sur l'assiette vide. Elle était loin d'être normale, mais tu t'occupais, tu ignorais le problème.

Il considéra son assiette.

— Tu vas manger tout ça ?

Kai fronça les sourcils, étudia l'assiette vide devant lui et rapprocha son assiette d'elle.

— Oui.

— Bon, d'accord.

Il poussa un soupir exagéré et se rassit.

— Mais si c'est trop…

Elle lui lança un regard outré.

— Tu peux toujours demander à Alfred un deuxième morceau.

Tyson lui jeta un regard rusé mais resta silencieux.

Elle secoua la tête en étudiant le cheesecake et prit rapidement sa première bouchée. Puis elle s'arrêta et gémit.

— Oh, mon Dieu, c'est quoi ? Du chocolat blanc ?

— Chocolat blanc aux amandes, précisa Bailey joyeusement. Une de mes recettes préférées.

— Vous deux êtes une bénédiction ici.

Avant qu'elle ne s'en rende compte, son dessert avait disparu lui aussi.

— Je pourrais presque en manger une deuxième part.

Bailey s'arrêta à côté d'elle.

— Tu en veux une deuxième ?

— Oui, s'il te plait.

Ice s'assit à côté de Kai.

— Nous avons retrouvé la trace du camion en ville, dans un immense parking. La plaque d'immatriculation nous a conduits à un véhicule dont le propriétaire, qui est en vacances, ignorait la disparition. Cependant, lorsque nous sommes allés le chercher, il n'était plus là. Ce parking a plusieurs entrées et sorties. Je ne l'ai pas vu sortir, je n'ai pas accès à l'autre côté.

— Nous ne sommes donc pas plus avancés qu'avant.

Tyson acquiesça.

— La voiture ?

— Un couple d'âge moyen l'a conduite plus loin, dans un autre endroit du parking. Ils se sont garés, sont sortis et, la dernière fois que j'ai regardé, ils étaient encore assis sur un banc, se tenant la main.

— C'est charmant.

Levi prit la parole de l'autre côté de la table.

— Warren, quant à lui…

Kai se tourna vers lui.

— Il est en grande difficulté financière et a besoin de liquidités. Il doit donc vendre ses actions. Il a déjà vendu son appartement. À la fin, ça lui permettra de récolter une belle somme.

— Il a vendu son appartement ? s'écria-t-elle, stupéfaite. Je n'en avais aucune idée. Cela doit faire un moment qu'il prépare son coup.

Levi opina.

— Et son argent a disparu de son compte bancaire en une seule journée. Mais il n'est pas si facile de le retrouver.

Elle s'enfonça sur son siège.

— Je n'en avais pas la moindre idée. Il ne m'a jamais rien dit.

Elle dévisagea Tyson.

— Une idée de ce qu'il prépare ?

— Je pense qu'il est lié à ton harceleur.

Tous les convives se retournèrent pour le regarder.

— De quelle manière ? demanda Ice.

— Je n'ai pas de preuves, mais il n'y a aucune raison pour qu'il s'enfuie à moins qu'il ne soit impliqué ou qu'il ait fait quelque chose de tout aussi grave concernant l'entreprise.

— J'ai parlé à Gunner, annonça Levi. Il n'a entendu aucune rumeur à propos de Warren. Ni alertes ni antécédents de transactions frauduleuses.

— Je ne comprends pas grand-chose au monde des affaires, admit Kai. Alors, c'est bien de savoir que je peux parler à Gunner de certaines thématiques.

— Je lui ai parlé du produit que nous testons pour toi. Il était très intéressé. Il a beaucoup de clients qui seraient intéressés par un système similaire.

Kai s'illumina.

— C'est un bon produit, n'est-ce pas ?

— L'un des meilleurs que nous ayons vus, dit Tyson. En d'autres termes, nous voulons sauver ta société. Il couvrit sa main de la sienne. Ton entreprise a été touchée aujourd'hui, mais Warren n'est pas l'entreprise. C'est toi et tes projets qui l'êtes.

~

TYSON CONDUISIT TANDIS qu'ils quittaient le manoir et se dirigeaient vers l'appartement de Warren.

— S'il l'a vendu il y a quelques semaines, où loge-t-il maintenant ? l'interrogea Kai.

— La vente prend effet demain. Il est donc possible qu'il soit en train de finir de vider les lieux, si ce n'est déjà fait. Il pourrait vivre à l'hôtel jusqu'à ce que la vente soit conclue, répondit Tyson. Nous devons croire qu'il sera encore là. Que vous vous parliez ne sera pas une mauvaise chose.

— Je suis sûre que nos deux avocats l'ont déjà fait.

— Vive les avocats… dit Tyson, avec une note

d'humour. Si cela n'a rien à voir avec toi et ton harceleur, alors il y a manifestement quelque chose d'autre qui se passe. Une conversation honnête pourrait peut-être l'arranger…

— Je ne suis pas sûre que Warren me parlera, énonça Kai dans un soupir.

— Est-ce qu'il logerait chez l'un de tes salariés ?

— Je ne pense pas…Je ne sais pas quelles sont leurs relations en dehors du travail. Peut-être qu'ils sont tous de bons amis. Je ne sais pas…

Le retour à Houston se fit dans le calme, au seul bruit des roues glissant dans la nuit.

— Tu veux de la musique ?

— Non, murmura-t-elle. C'est agréable d'avoir la paix et la tranquillité.

Alors que Tyson approchait de la périphérie de la ville, il entra l'adresse de Warren dans le GPS qui leur indiqua l'itinéraire à suivre.

Kai l'étudia.

— Son appartement n'est pas très loin de chez moi, s'exclama-t-elle. Je ne le savais pas.

— Est-ce que c'est important ?

— Non, pas du tout. Cela le rend juste un peu plus accessible que je ne le pensais.

— Ça te rend aussi un peu plus accessible pour lui, répliqua-t-il, avec un regard dur.

— Il est plus malin qu'effrayant.

Tyson acquiesça.

— C'est possible, mais souviens-toi, les harceleurs ne ressemblent pas à des harceleurs. Qui sait à quoi ressemble le tien ?

Elle l'approuva.

— Allons voir la maison de Warren.

Tyson se gara sur la rue principale et ils sortirent ensemble. Se tenant par la main, ils s'approchèrent de l'immeuble de Warren. Kai sonna mais ne reçut aucune réponse. Elle rappela.

— Tu penses qu'il a déjà quitté la ville ? Comme tu l'as dit, la vente se termine demain. Il doit donc être parti à midi au plus tard.

Tyson recula et regarda les appartements, cherchant à savoir lequel était celui de Warren. C'est alors que quelqu'un descendit et ouvrit la porte.

Kai s'avança.

— Merci.

L'homme s'éloigna sans se soucier de l'inconnue qu'il venait de faire entrer dans l'immeuble.

Tyson secoua la tête et la rejoignit dans le hall. Il jeta un coup d'œil autour de lui, mais ne vit aucune caméra.

— Ce bâtiment a le même âge et est dans le même état que le tien.

— C'est-à-dire ?

— C'est-à-dire que je doute qu'il y ait des caméras vidéo ici.

— Peut-être que ça n'a pas d'importance.

Elle haussa les épaules.

Tyson lui indiqua les escaliers.

— Montons à pied.

— Je suppose que de l'exercice ne me fera pas de mal après ce cheesecake, non ?

Elle rit légèrement et grimpa les marches devant lui. Il la suivit plus lentement, ses yeux vérifiant la présence, ou non, de caméras de sécurité. Il n'en voyait aucune. Il n'y avait donc aucun moyen de savoir quand Warren était rentré ou sorti. Ou s'il avait reçu des visites.

Au quatrième étage, Kai ouvrit la double porte et ils pénétrèrent dans le couloir. Des motifs géométriques d'une multitude de bruns le tapissaient. Tyson se dirigea vers le numéro 462 et toqua. Pas de réponse.

Il frappa à nouveau, plaçant son oreille contre la porte. Rien. Il tourna la poignée. À sa grande surprise, la porte s'ouvrit. Il l'écarta avec son pied. Entendant Kai sursauter, il porta un doigt à ses lèvres, mais il sut à son regard qu'elle avait compris. Warren avait peut-être pris ses jambes à son cou, mais Tyson craignait qu'il n'ait pas été assez rapide.

Laissant Kai dans l'entrée, il fit quelques pas à l'intérieur.

Le sol du salon était jonché de cartons scotchés et étiquetés. D'après les étiquettes qu'il pouvait voir, il semblait que les cartons allaient être envoyés à Goodwill. Les murs étaient vides, les meubles avaient disparu. Tyson vérifia rapidement la cuisine, qui était impeccable. On aurait dit que Warren n'avait jamais cuisiné ici.

Tyson nota ce détail au cas où il serait utile plus tard et continua à visiter l'appartement. Dans la chambre, il n'y avait plus ni lit, ni commode ; la pièce était vide. Il ne restait même pas de cartons. L'odeur… Tyson entra rapidement dans la petite salle de bains et trouva le propriétaire. Warren était recroquevillé dans la baignoire, couvert de sang.

Ses deux poignets avaient été tailladés. Tyson resta un long moment à étudier le corps, réalisant que cela pouvait ressembler à un suicide, à une exception près. Les entailles allaient de l'intérieur des poignets vers l'extérieur. Or, les suicides se faisaient toujours de l'extérieur des poignets vers l'intérieur. C'était la seule façon de procéder.

C'était un meurtre.

Il appela Levi.

— On a un problème.

Chapitre 13

KAI S'APPUYA CONTRE la porte de la salle de bains, la main sur la bouche. Stupéfaite, elle regardait le corps de Warren… Elle avait déjà vu des cadavres. Mais aucun n'avait été un ami, un associé ou un collègue de travail. Elle sentait le cri monter en elle. Elle l'étouffa fermement. Ce n'était ni le moment, ni le lieu. Elle avait suffisamment d'expérience militaire pour savoir comment maîtriser ses émotions.

Même si son expérience n'avait rien à voir avec cette réalité. D'ailleurs, son expérience n'avait été que celle d'une formatrice, d'une entraîneuse aux armes qui n'avait pas froid aux yeux. Elle n'avait jamais participé à des missions sur le terrain. En regardant les traces de sang, dans la baignoire, elle se rendit compte que c'était peut-être une bonne chose.

Elle avait toujours pensé qu'elle avait manqué quelque chose. Elle avait entendu suffisamment de récits de soldats, de retour au pays, pour se rendre compte que c'était beaucoup moins glamour que les affiches ne le laissaient entendre. Elle faisait de son mieux pour les former afin qu'ils soient aussi bien préparés que possible avant de partir au front.

Tyson s'avança devant elle, lui cachant délibérément la vue de Warren. Il posa une main sur son épaule et la pressa doucement.

— Tu vas bien ?

Elle le considéra.

— Oui, je vais bien. Est-ce qu'il s'est vraiment fait ça ?

Tyson secoua la tête d'un air décidé.

— Non, il ne s'est pas fait ça. Il s'agit d'un meurtre.

Les mots restèrent coincés dans sa gorge. Elle le regarda fixement, les yeux arrondis par le choc.

— Meurtre ? chuchota-t-elle, sa voix devenant à peine audible. Tu es sûr ?

Il acquiesça.

— Le tueur a coupé les poignets de Warren dans le mauvais sens.

Perplexe, elle étudia l'entaille.

— Warren faisait souvent les choses à l'envers. Peut-être que c'était instinctif pour lui.

— Non. J'en doute. Et je ne veux toucher à rien.

Il la fit sortir doucement pour qu'elle ne s'appuie plus sur le chambranle. Il lui fit signe de se retourner et de quitter l'appartement.

— Mais pourquoi le tuer ? Ou pourquoi se suicider ?

L'idée du suicide était plus facile à gérer que celle du meurtre. Les deux étaient laids. Mais l'un n'impliquait personne d'autre.

— Si c'est un suicide, c'est peut-être qu'il voyait son monde s'écrouler et qu'il n'entrevoyait pas d'issue. Si c'est un meurtre, c'est pour le faire taire.

À la porte d'entrée, il la poussa gentiment dans le couloir.

— J'ai besoin de quelques instants pour vérifier certaines choses. Levi est en route.

Elle fronça les sourcils.

— J'aurais pu rester à l'intérieur, dit-elle doucement.

— Il vaut mieux que tu ne restes pas ici plus longtemps que nécessaire.

Elle s'appuya contre le mur, réfléchissant à sa déclaration, réalisant que, si la mort de Warren était vraiment un meurtre, elle serait l'un des principaux suspects. Dans un souffle, elle murmura :

— Mon Dieu.

En tant qu'associée et compte tenu de leur relation conflictuelle bien connue, c'est à elle que la police s'intéresserait en premier.

En parlant de relations d'affaires… Elle s'éloigna de quelques pas et appela son avocat.

— John, je suis chez Warren.

— Oh, bien. Vous avez trouvé un accord ?

Ses lèvres tremblèrent en percevant son ton, enjoué.

— Malheureusement, non. Et il n'y en aura pas.

Elle inspira profondément, entendant le silence perplexe à l'autre bout du fil.

— Il est mort, John.

— Que s'est-il passé ?

— Il est dans la baignoire. Ses poignets sont ouverts. Je ne sais pas s'il s'est suicidé ou si c'est un meurtre.

— Bon sang.

Elle se frotta la tempe et se dirigea vers la fenêtre au bout du couloir. De là, elle pouvait aussi garder un œil sur la porte de l'appartement au cas où Tyson en sortirait.

— Je sais. Ça a l'air grave, quel que soit le point de vue. Soit il a fait ça à cause des problèmes de l'entreprise, soit quelqu'un lui a fait ça. Je serai l'un des principaux suspects.

— Je vais commencer la paperasse. Pour l'instant, la société est fragile. Je vais contacter son avocat. Je ne sais pas ce que cette perte implique, mais vous avez conscience que cela change tout, n'est-ce pas ?

— Personne ne sait qu'il est mort. Nous avons appelé la

police. Elle n'est pas encore arrivée.

— Vous êtes sûre ? Vous êtes absolument certaine que c'est lui ?

Kai ne put retenir le sanglot qui s'échappait de sa gorge lorsqu'elle répondit :

— C'est lui. Je l'ai vu dans la baignoire. Mon Dieu, John, oui, c'est vraiment Warren.

Sa voix s'adoucit.

— D'accord, calmez-vous.

Après qu'il eut raccroché, Kai remit son téléphone dans sa poche et resta debout, les bras enroulés autour de sa poitrine, essayant de reprendre le contrôle. Quel gâchis ! Il allait falloir prévenir le reste du personnel. Elle n'avait aucune idée de ce qu'il se passait dans les coulisses de l'entreprise. Warren et elle avaient tous deux souscrit une assurance-vie au cas où quelque chose de ce genre se produirait, mais elle ignorait si cette assurance couvrait le suicide ou le meurtre. Elle supposait que chaque partenaire n'était couvert que si la cause du décès était naturelle ou accidentelle.

Kai s'appuya sur le rebord de la fenêtre en attendant que Tyson revienne. Mais au lieu de cela, Levi ouvrit la porte de la cage d'escalier et apparut. Il la regarda et s'approcha, les bras ouverts. Elle s'y engouffra, acceptant son abri pendant un long moment.

— Tyson dit que ça ressemble à un meurtre, chuchota-t-elle. Il faut que tu saches que Warren était l'un de ces types qui faisaient les choses de manière maladroite. Cela lui correspondrait parfaitement.

Elle s'efforça d'expliquer comment il faisait parfois les choses à l'envers. Il lui arrivait d'utiliser sa main gauche plutôt que sa main droite. Kai savait que son explication était confuse.

Levi la serra doucement dans ses bras avant de s'éloigner.

— Ne t'inquiète pas pour ça. Il y aura beaucoup plus de preuves. Nous irons au fond des choses.

Elle inspira profondément, se sentant un peu mieux.

— Merci d'être venu.

Il acquiesça, sortit une paire de gants de sa poche, les enfila, puis, s'aidant de son coude, poussa la porte de l'appartement. Tyson le salua.

Elle se cala contre le mur et attendit. Combien de temps leur faudrait-il ?

Alors qu'elle se demandait si elle devait dire ou faire quelque chose, elle vit un inspecteur venir dans sa direction. Elle lui indiqua la porte ouverte.

— Tyson et Levi sont à l'intérieur.

Un froncement de sourcils se dessina sur son visage, mais il ne lui répondit rien. Au lieu de cela, il entra. Cette fois, la porte se referma dans un claquement sec. Elle entendit des voix, pas de cris. Elle doutait que l'inspecteur soit content. Ils préféraient être les premiers sur les lieux. Cela dit, il fallait bien que quelqu'un découvre le corps, et cette personne était censée rester jusqu'à l'arrivée de la police.

Confuse, désemparée et ne sachant pas trop que faire, Kai se laissa tomber sur le sol où elle s'assit, les genoux ramenés sur la poitrine et attendit.

La porte s'ouvrit enfin et Tyson sortit. Son regard se posa sur elle. Il s'accroupit devant elle.

— Es-tu prête à partir ?

Elle poussa un demi-grognement.

— Cela fait une heure que j'attends comme un zombie. Je suis loin d'être prête à partir. As-tu appris quelque chose de nouveau ?

Il l'aida à se relever.

— Allons-y, dit-il fermement. Nous pourrons parler une fois rentrés chez toi.

Elle lui jeta un regard acerbe, puis se souvint du traceur installé sur le véhicule. Peut-être craignait-il que quelqu'un n'entende la conversation.

Lorsqu'ils arrivèrent à son appartement, elle déverrouilla la porte, entra et jeta son téléphone sur le comptoir à côté de son sac à main. Derrière elle, Tyson tenait à la main un petit appareil dont elle n'avait pas réalisé qu'il l'avait emporté avec lui.

Un doigt sur les lèvres, il fouilla rapidement l'appartement, à la recherche de mouchards. Il contrôla son sac à main et son téléphone, ainsi que le sien. Une fois que tout fut vérifié, il éteignit l'appareil.

— Désolé, mais je devais m'en assurer.

— Tu es certain qu'il s'agit d'un meurtre et non d'un suicide ?

— Le médecin légiste le déterminera. Mais, à mon avis et à celui de Levi, oui, c'est un meurtre.

Ses épaules s'affaissèrent. Elle avait espéré, contre toute attente, que Warren était simplement déprimé. Que quelque chose dans sa vie personnelle ne lui laissait pas de meilleure échappatoire. S'il avait été assassiné, cela signifiait qu'un autre croquemitaine était dans la nature. Il y avait de fortes chances qu'il soit lié à elle.

— Je suppose que vous n'avez rien vu ou trouvé qui puisse nous donner une piste menant à son assassin, déclara-t-elle, lasse.

— Bien sûr que non, répondit Tyson d'un ton neutre.

Elle se dirigea vers la cafetière et la prépara. Elle n'avait certainement pas faim, mais elle avait besoin de sa dose.

— Ce serait trop facile.

Elle acquiesça.

— Allez-vous participer à l'enquête ?

Elle se tourna vers lui à temps pour le voir secouer la tête.

— Non. L'inspecteur Mannford s'en charge maintenant.

— Où est Levi ?

— Probablement en train de lui transmettre ce qu'il sait de l'affaire. Les deux affaires se rejoignent.

— Un harceleur n'est pas un meurtrier.

— Un harceleur commence souvent par être un harceleur et devient ensuite un meurtrier.

Elle se figea, posa ses mains sur le comptoir et baissa la tête.

— Vraiment ?

— Vraiment. As-tu contacté ton avocat ?

Elle écarta les mèches de cheveux de son visage et fit face à Tyson.

— Oui. Je l'ai mis au courant de la mort de Warren. Je lui ai dit de n'en parler à personne d'autre. Ça va être un sacré cauchemar pour le personnel.

— Tu as une idée de quel sera l'avenir de l'entreprise après la mort de Warren ?

— J'ai essayé de le savoir, mais je n'ai pas demandé directement à mon avocat. Je pense que l'assurance-vie de Warren ne sera versée que s'il s'agit de mort naturelle ou d'un accident. J'ignore comment cela se passe s'il est question d'un suicide ou d'un meurtre.

Kai entra dans le salon, s'effondra sur le canapé et se recroquevilla dans un coin.

— Quand dois-je le dire aux autres ?

— Quand on nous donnera le feu vert.

Elle hocha la tête.

— De toute façon, personne ne travaille les deux prochains jours, c'est une courte période de grâce.

— Et je ne contacterais aucun membre du personnel avant la fin du week-end.

Son regard s'arrêta sur son visage.

— Tu penses vraiment qu'ils pourraient être impliqués ?

— Je ne peux exclure personne, répondit Tyson calmement. Penses-y. Quelqu'un a eu accès à l'appartement de Warren et à son ordinateur. Quelqu'un a eu accès à ton téléphone. Ils font donc des suspects très plausibles.

— Tu te souviens que j'ai hérité des actions de Mark ? C'est ce qui a mis Warren dans tous ses états. Il pensait qu'il les obtiendrait.

Tyson opina.

— Tu réalises que la police pourrait me considérer comme suspecte pour la mort de Warren.

Les larmes menaçaient. Elle les refoula.

— À un détail près.

Kai se concentra.

— Lequel ?

— Tu as été avec moi ces cinq derniers jours. Tu as un alibi solide. Tu n'as pas tué Warren. Je peux l'attester.

À l'intérieur d'elle-même, Kai sentit quelque chose s'apaiser à ces mots. Elle laissa échapper un lourd soupir, libérant ses épaules d'une terrible tension. Elle avoua :

— C'est vrai. J'avais oublié cela.

Tyson sourit.

— Mannford le sait. La police se contentera de te poser des questions auxquelles tu n'aimeras pas répondre sur toi, Warren et vos employés, sur les conflits actuels au sein de votre entreprise à cause de l'affaire des médias, de la volonté de Warren de t'exclure de l'entreprise… Tout ça.

— Je répondrai du mieux que je pourrai. Mais, d'une certaine manière, l'inspecteur ferait mieux de parler aux avocats.

— Ne t'inquiète pas. Il le fera. La police examinera les questions juridiques entre vous deux.

Il marqua une pause, puis ajouta à voix basse :

— Vous trois.

— Mark aurait donc pu être assassiné lui aussi ?

Tyson ne répondit pas, se contentant de la fixer.

Elle n'avait vraiment pas besoin d'une confirmation. Déstabilisée, agitée, elle se leva et fit le tour du salon.

— On peut faire quelque chose ?

— Oui. S'assurer que le meurtrier n'ait pas la chance de trouver une autre cible, comme toi.

TYSON SERVIT UNE tasse de café pour chacun d'entre eux. Il lui en tendit une.

— Je sais qu'il est inutile de te dire de ne pas t'inquiéter.

Elle renifla.

— Comment pourrais-je ne pas m'inquiéter ? Si c'est le même homme, il est passé d'harceleur à meurtrier. Si ce n'est pas le même homme, alors nous avons deux inconnus à craindre.

Il contempla son visage pendant un long moment.

— Au début, je soupçonnais Warren et Larry de travailler ensemble. Maintenant, je dois revoir cette théorie. Pourtant, je me demande toujours si deux personnes ne travailleraient pas conjointement sur cette affaire.

Surprise, elle le considéra :

— Cela correspondrait aux événements les plus récents.

Larry, en tant qu'ancien parachutiste, est capable de placer ce message sur ma fenêtre du deuxième étage et je soupçonne le meurtrier d'avoir tiré sur notre pneu.

Tyson réfléchit en regardant au loin.

— Levi appellera bientôt pour donner des nouvelles de Mannford. Je vais voir ce que je peux trouver en attendant.

Kai posa sa tasse sur la table basse et se jeta sur le canapé.

— Je déteste être impuissante. Dans un combat, à un contre un, tu sais que je peux me défendre.

Il sourit.

— Absolument. Je parie sur toi plutôt que sur un harceleur ordinaire, n'importe quand, énonça-t-il calmement. Mais s'ils sont deux, s'il s'agit d'un tireur d'élite ou s'il te surprend avec un Taser, du chloroforme, des drogues incapacitantes ou des armes multiples, le combat sera terminé avant même d'avoir commencé… Et tu le sais.

— Cela n'est pas censé arriver à quelqu'un comme moi. Je suis une spécialiste de nombreuses formes d'arts martiaux. J'étais instructrice dans l'armée. Pourtant, je suis là, à avoir besoin d'un garde du corps. Je me sens si stupide, comme un imposteur.

— Nous savons parfaitement à quel point tu es douée. Si quelqu'un décide de te défier, c'est une chose. Mais s'ils décident que tu as besoin d'un handicap pour égaliser le combat et qu'ils te cassent les genoux en premier ?

Elle acquiesça, sombrement.

— J'y ai pensé. Dans l'armée, j'ai donné un cours spécifique sur la façon de sauver sa vie quand on est gravement blessé.

— Et quels étaient les conseils que tu donnais aux recrues ?

Sa voix était dure quand elle répliqua :

— Retraite tactique. Il y a des batailles que l'on ne peut pas gagner, quoi qu'il arrive. Ce que tu essaies de faire, c'est de t'enfuir avant qu'ils ne viennent te tuer.

Il tendit sa main ouverte. Elle y glissa la sienne et il l'attira dans ses bras.

— À nous deux, nous avons reçu le meilleur entraînement possible. Nous sommes intelligents. Nous sommes deux.

— Oui. Et pourtant, j'ai l'impression que, qui que ce soit, il danse autour de nous, riant à gorge déployée.

— Parce que c'est probablement le cas. Mais l'étau se resserre. Il fait des erreurs.

— Quelles erreurs ?

— Tuer Warren. Si Warren avait été laissé en vie, suivre sa piste nous aurait occupés un moment. Maintenant qu'il est mort, sa vie va devenir un livre ouvert. Son passé, ses comptes, toutes ses transactions financières au cours des vingt dernières années, toutes ses relations, le moindre de ses pas… Tout va être disséqué. Il y a fort à parier que son meurtrier appartient à son histoire. Il ne s'agit pas seulement d'assurer ta sécurité. Il s'agit aussi de rendre justice à Warren. Peu importe ce qu'il a fait ou n'a pas fait dans cette mésaventure, il ne méritait pas d'être tué.

Son visage s'éclaira.

— Je n'ai pas les idées claires. J'aurais dû me rendre compte qu'avec une enquête ouverte pour meurtre, toute l'existence de Warren allait être décortiquée.

Tyson acquiesça, la serrant contre lui.

— Et pas seulement par l'inspecteur Mannford. N'oublie pas que Levi a déjà une puissante équipe d'informaticiens sur le coup.

— Seulement s'ils ont la permission de l'inspecteur

Mannford, précisa-t-elle.

Un grondement jaillit de sa poitrine.

— C'est la voie légale. Mais tu es notre cliente, en ton nom, nous avons des droits. Donc, non, pas seulement avec la permission de l'inspecteur Mannford. Mais, ne t'inquiète pas, nous partagerons nos découvertes avec lui. Tout va être étalé au grand jour maintenant. Nous sommes dans le vif du sujet. Et vu la façon dont tout vient de s'accélérer, ce weekend, tout pourrait s'arrêter…

Surprise, Kai le dévisagea.

— Tu penses que le tueur va s'en prendre à moi ce weekend ?

— Oui. J'espère juste que nous saurons l'identifier lorsqu'il surgira devant nous.

Chapitre 14

KAI SE PRÉPARAIT à aller se coucher lorsque son téléphone sonna. Levi. Il lui demanda :

— Tu savais que Warren avait un demi-frère ?

— Non. Warren m'avait dit qu'il n'avait plus de famille.

Elle s'assit sur le lit, tandis que Tyson se tenait près d'elle, en caleçon. Mais même la vue de cet homme magnifique ne pouvait apaiser la peur qui s'était emparée d'elle, suite aux paroles de Levi.

— Tu penses vraiment que son demi-frère a essayé de le tuer ?

— La première version de son assurance-vie le désignait comme bénéficiaire. Elle a été annulée il y a environ six ans, à peu près au moment où Warren a investi dans la société.

— Logique. J'imagine qu'il rassemblait autant d'argent que possible à l'époque.

— Il a également vendu d'autres actifs pour investir. Mais il était, quand-même, au bord de la faillite quand tu es arrivée.

— J'étais au courant. Par contre, je ne suis pas sûre de comprendre ce qui l'a poussé à vouloir vendre aujourd'hui, ajouta-t-elle, calmement.

— Je cherche encore à répondre à cette question, répondit Levi. Lors de son divorce, son ex-femme a obtenu une belle pension. Son versement le tuait, mais ils s'étaient mis d'accord sur un échéancier révisé, qui rendait ses paiements plus gérables. Nous allons continuer à creuser. Sais-tu s'il existe d'autres membres de sa famille ?

— Je ne savais déjà pas pour son demi-frère, donc non.

— Son demi-frère a eu un fils avec une de ses ex. Ils se sont séparés quand il avait neuf ans. Il en aurait dix-huit maintenant.

Kai grimaça.

— Un tel changement est difficile pour un garçon de cet âge.

— Nous n'avons pas encore parlé à la mère. Elle essayait d'obtenir un droit de visite. Il y a eu des accusations pour abus.

— Ce qui peut être vrai ou non. Dans les affaires de garde, la maltraitance est souvent utilisée comme moyen de pression.

— J'ai encore quelques questions à te poser, enchaîna Levi. Nous examinons ses courriels. Connais-tu les sociétés Viacom et Burning Edge ?

— Oui. Elles n'ont rien en commun. La première est géniale. C'est une grande entreprise de jeux vidéo.

Elle se redressa.

— Que disent ses échanges avec elles ? Il ne m'en a jamais parlé.

Presque malgré elle, Kai se sentit tout excitée. Viacom, c'était le haut du panier.

— Ça remonte à environ un an, ils exploraient les possibilités d'un arrangement. Les courriels plus récents, quant à eux, concernent Burning Edge. Ils datent d'il y a deux semaines.

— Que disent-ils ?

Elle fronça les sourcils.

— Ils ne sont pas dignes de confiance. Je ne traiterai jamais avec eux.

— Laisse-moi creuser un peu plus. Je reviendrai vers toi dans la matinée. Soyez prudents.

Kai posa son téléphone sur la table de nuit et regarda Tyson.

— Il a dû se passer quelque chose la semaine dernière. C'est là que les embrouilles ont commencé, sur le plan professionnel.

— Et le harceleur est apparu à ce moment-là aussi ?

Elle secoua la tête.

— Non. Il monte en puissance depuis quelque temps déjà… Par contre, oui, c'est encore pire depuis la semaine dernière.

Tyson acquiesça. Il s'assit sur le lit et s'appuya contre la tête de lit. Il posa son ordinateur sur ses genoux.

— Je vais faire quelques recherches sur cette dernière période. Il faut que tu dormes le plus possible.

Kai se blottit sous les couvertures, à côté de lui et murmura :

— Je ne suis pas sûre de pouvoir dormir. Tout ce que je vois, c'est Warren allongé dans sa baignoire.

Il caressa les mèches de cheveux sur son front.

— Je suis désolé que tu aies vu ça.

— Ça n'a pas d'importance, chuchota-t-elle. La réalité, c'est que nous devons faire tout ce qui est en notre pouvoir pour que je ne sois pas la prochaine victime. Ni toi non plus. Ni personne d'autre d'ailleurs.

— Nous sommes d'accord.

Alors qu'elle s'allongeait, essayant de laisser le sommeil l'emmener, Kai lui demanda :

— As-tu déjà pensé à ce que Tracy ressentirait, par rapport à nous, en ce moment ?

Un silence s'ensuivit.

Elle se décala et vit son regard sombre et profond qui la fixait.

— Je crois qu'elle serait heureuse, répondit Tyson fermement. Elle m'a souvent dit que, si quelque chose lui arrivait, je devais continuer à vivre ma vie, pleinement, sans elle.

— Elle m'a demandé de m'occuper de toi, lui confia Kai dans un sourire triste. À l'époque, j'ai essayé, mais tu n'étais pas en grande forme.

Il renifla.

— C'est vrai.

Il l'étudia pendant un long moment.

Elle sut instinctivement, en voyant le doute s'immiscer au fond de ses yeux, ce qu'il pensait. Elle se redressa sur son coude.

— Non, lui asséna-t-elle.

Il haussa un sourcil.

— Non, ce n'est pas pour ça. Non, ce n'est pas pour ça que je suis là avec toi. Je ne m'occupe pas de toi. Je ne fais pas ce que Tracy m'a demandé. J'ai essayé de le faire à l'époque, plus maintenant.

Un pâle sourire se dessina sur ses lèvres et il opina.

— Bien, parce que je ne considère pas que Tracy appartienne à notre histoire. Elle était ma femme. Je l'aimais tendrement. Je l'ai perdue. J'ai fait mon deuil. Je suis passé à autre chose. Et, il se trouve que c'est avec toi. Je crois qu'elle penserait probablement que c'est une bénédiction. Je considère ta présence dans ma vie comme une bénédiction.

Kai se détendit.

— J'aimais Tracy. Je savais à quel point elle tenait à toi.

Vous étiez faits l'un pour l'autre. Vous étiez un couple parfait. Je suis vraiment contente que tu aies pu passer du temps avec elle. Elle était si heureuse.

Tyson passa son pouce sur les lèvres de Kai, se pencha vers elle et l'embrassa.

— Merci pour ça. J'en suis sacrément content.

Dans les secondes qui suivirent, l'ordinateur fut retiré du lit… Et un désir, passionné, les emporta de nouveau.

Kai n'aurait pas pu être plus heureuse.

TYSON SE RÉVEILLA tôt. Les sens en alerte, il écouta. Il n'entendit rien. Il avait bien dormi, même s'il lui manquait quelques heures. Il se dégagea des couvertures, prenant soin de ne pas déranger Kai et traversa son petit appartement.

Il était sincère lorsqu'il lui avait dit qu'il pensait que ce week-end serait crucial. Il ne savait pas d'où viendrait l'attaque, ni sous quelle forme l'amant bafoué ou le tueur à gages se manifesterait.

Ne trouvant rien qui sorte de l'ordinaire, il retourna dans la chambre et se glissa sous les couvertures. Le sommeil ne revint pas.

Il se redressa et sortit son ordinateur portable, vérifiant rapidement ses courriels. Il n'y avait aucune nouvelle, ni de Levi, ni de l'inspecteur, ni de qui que ce soit en lien avec cette affaire… Il regarda les informations pour voir si la mort de Warren avait été divulguée aux médias. Tout semblait calme.

D'une certaine manière, un peu trop… Il réfléchit au peu de choses qu'ils savaient. Le demi-frère était une piste intéressante. Il reprit son ordinateur et se plongea rapidement dans des recherches sur Warren et sa famille. Mais

Tyson ne fit que tomber un peu plus dans le gouffre d'Internet.

Lorsque Kai se retourna et se redressa sur ses coudes pour le contempler, il sourit.

— Rendors-toi. Je n'arrivais plus à dormir.

Son regard, encore ensommeillé, navigua entre son portable et lui.

— Tu as trouvé quelque chose ?

Elle bâilla, se mit sur le côté et ramena les couvertures sur ses épaules.

— Non, pas encore.

— Nous devrions aller voir mes employés.

Il entendit son marmonnement à moitié endormi et sourit.

— On s'en occupe.

Elle se rendormit à ses côtés, du moins c'est ce qu'il pensait. Son téléphone tintinnabula, il le saisit et découvrit un message d'Ice.

La police recherche le demi-frère de Warren. C'était un militaire. Homme d'affaires à part entière. Il a envoyé une photo, il y a deux ans.

L'image, quand elle arriva, était un peu granuleuse. Il la transféra sur sa messagerie électronique, puis la fit apparaitre sur l'écran de son ordinateur. Il étudia le visage, sans le reconnaitre. Ce n'est qu'en entendant une vive exclamation de la part de Kai, qu'il comprit qu'elle le reconnaissait.

— Qui est-ce ? demanda-t-elle.

— Le demi-frère de Warren. Le bénéficiaire de la police d'assurance-vie qui a été annulée.

Elle se redressa et se pencha en avant pour le regarder.

— Je crois que je l'ai déjà vu au bureau. Juste une fois, dit-elle d'une voix douce. L'image est un peu floue.

— Je vais voir si je peux en trouver une meilleure.

Il chercha des images du demi-frère et en trouva cinq de bonne qualité. Kai les étudia.

— Ça lui ressemble. On peut peut-être demander à Tommy. Ils parlaient tous les deux.

— D'accord. Je le ferai.

Il envoya rapidement un message à Ice, en ajoutant un mémo pour lui-même.

— Nous devons parler à Tommy, mais nous attendrons qu'il se réveille.

Kai grimaça.

— Quelle heure est-il ? C'est le week-end. Tommy va jouer toute la nuit. Il est probablement en train de se coucher.

Tyson la regarda, dubitatif.

— Vraiment ?

— Oui. D'habitude, il se couche vers 6 heures du matin.

Tyson vérifia le réveil sur la table de nuit. Un peu plus de 6 heures. Suivant son instinct, il appela Tommy. Dans le pire des cas, il le réveillerait tôt un matin de congé et devrait écouter ses lamentations à ce sujet. Ce ne fut pas le cas. Un Tommy relativement réveillé lui répondit.

— C'est Tyson. Je suis avec Kai. Peux-tu me parler du demi-frère de Warren ?

Tommy hésita :

— Je l'ai rencontré quelquefois. Il a sa propre entreprise.

— Est-il déjà venu au bureau ? le questionna Tyson, sentant que le jeune homme cachait quelque chose. Et si oui, pourquoi ?

— Oui, quelques fois. Pas récemment. Ils se sont disputés.

— Une idée de l'origine de cette dispute ?

Tyson tourna son regard vers Kai qui écoutait.

— Non, pas vraiment. Une histoire d'argent. Apparemment, en ce moment, tout le monde a des problèmes d'argent.

— Comment était Warren après leur dernière entrevue ? A-t-il changé ?

La voix de Tommy était à la fois froide et emprunte de curiosité :

— Je ne comprends pas. Pourquoi toutes ces questions ? Vous croyez qu'il a vraiment quelque chose à voir avec le harceleur de Kai ?

— Aucune idée. C'est ce que nous sommes en train de vérifier. Je vais peut-être devoir te rappeler pour te poser d'autres questions.

Avant que Tommy ne puisse l'interroger plus, Tyson raccrocha.

— Ça ne le retiendra pas longtemps, remarqua Kai. De toute façon, la mort de Warren sera bientôt médiatisée et nous voulons que le personnel soit mis au courant avant.

Pensive, Kai se redressa.

— J'ai l'impression que je devrais le dire à Tommy moi-même.

— Je vais voir avec Ice si on a l'autorisation.

Il envoya un texto et reçut une réponse à peine quelques secondes plus tard.

— C'est bon. Les médias s'en sont déjà emparés. Ça va faire les gros titres du jour.

Chapitre 15

KAI SAISIT SON téléphone et appela Tommy. Elle mit le haut-parleur pour que Tyson puisse entendre. Elle n'eut même pas le temps de lui dire bonjour que Tommy demanda :

— Qu'est-ce qu'il se passe ?

Fatiguée, Kai répondit :

— As-tu vu les gros titres ?

— Non. Pourquoi j'écouterais les infos ? Nous savons, tous les deux, que la plupart d'entre elles sont des conneries.

— Eh bien, aujourd'hui, il y aura des conneries bouleversantes. Warren est décédé.

Tommy retint son souffle, choqué.

— Il n'y avait pas de façon douce de te l'annoncer. Je suis désolée de t'avoir appelé si tôt. Nous sommes allés chez lui hier soir pour lui parler. Nous l'avons trouvé mort dans son appartement, lui précisa-t-elle en passant une main lasse sur son front.

— Quoi ? … Comment est-il mort ?

— Nous attendons les résultats de l'autopsie. Nous ignorons encore s'il s'est suicidé ou s'il a été assassiné, avec une tentative de déguiser ça en suicide.

— Quoi ! C'est impossible qu'il se soit suicidé !

— Pourquoi ? demanda Tyson.

— Parce qu'il partait en vacances.

— Tu étais au courant pour son départ en avion ? questionna Kai d'un ton sec.

— Son départ en avion ? Non, mais il m'avait confié qu'il partait le week-end prochain. Il était tout excité à l'idée de partir en vacances. Il était très discret à ce sujet. J'ai pensé qu'il allait voyager avec une nana sexy, une histoire secrète…, qu'il ne voulait pas que ça se sache. Tu sais comment c'est au bureau, admit Tommy. Je me suis dit qu'il voulait la garder pour lui tout seul.

— Eh bien, il avait effectivement réservé un vol pour le week-end prochain, murmura Kai. Un aller simple pour la Thaïlande…

— La Thaïlande ? s'écria Tommy, impressionné. Waouh, vraiment ?

Il y eut une longue pause avant qu'il n'ajoute :

— Attends une minute. Tu as dit un aller simple ?

— Oui. Warren partait le week-end prochain. Sans aucune intention de revenir.

Dans le silence qui suivit, Kai pouvait presque entendre les battements de cœur de Tommy. Elle se rendit compte à quel point il avait admiré Warren.

— Tu connaissais très bien Warren, n'est-ce pas ?

La voix de Tommy était étranglée lorsqu'il lui répondit :

— Oui. Du moins, c'est ce que je pensais…

— Si ça peut te rassurer, je ne pense pas qu'il avait les idées claires à la fin…

— Assez claires pour prendre de telles décisions, n'est-ce pas ?

Une amertume indéniable transperçait dans la voix de Tommy.

Elle grimaça.

— Oui, même si je déteste y penser. … Peut-être qu'il

voulait juste prendre le temps de réfléchir à la prochaine étape. C'est difficile de s'éloigner de tout le monde.

Pour Tommy, elle essayait de rester positive. Il n'avait que dix-huit ans. Et, bien qu'il soit un génie à bien des égards, il manquait beaucoup de sécurité affective. Et ça, ce serait un autre point moche dans sa vie.

— C'était mon oncle, tu sais ? Ou peut-être qu'oncle par alliance est plus juste. Je ne sais pas. Son demi-frère est mon père biologique. Cet homme n'a jamais été un vrai père pour moi. En fait, je ne le supporte pas. J'exècre sa façon d'agir, précisa Tommy avec raideur. Lorsque nous sommes dans la même pièce, nous ne nous reconnaissons même pas.

Kai se redressa, le choc étant presque viscéral.

— Vous êtes de la même famille ? Oh, je suis vraiment désolée, Tommy. Je l'ignorais.

Tyson posa sa main sur sa cuisse, mais elle sentit ses larmes prêtes à jaillir.

— C'est encore pire.

— Oui, n'est-ce pas ? déclara Tommy. Ma mère a été la petite amie du demi-frère de Warren pendant longtemps. Elle et Warren n'avaient aucun lien, ni biologique, ni par alliance. Quand mes parents se sont séparés, mon père a rompu aussi bien avec elle qu'avec moi. À l'époque, Warren s'en est mêlé. Il a probablement aidé ma mère financière-ment. Je ne sais pas pourquoi. Peut-être qu'il se sentait responsable à cause de son vaurien de demi-frère.

La voix de Tommy se fit plus sourde, ses émotions étant à fleur de peau.

— Ma mère n'était pas une gagnante non plus. Elle était à court d'argent à l'époque et depuis, ce n'est guère mieux. Il est tout à fait possible que Warren l'ait aidée de temps à autre. Ils sont restés en contact pendant toutes ces années.

Lorsqu'il m'a proposé un travail, j'ai accepté. Je suis doué, mais je ne m'entends pas très bien avec les gens…

Sa voix était basse.

— Tu le sais bien.

— Je n'ai jamais eu aucun problème avec toi, Tommy. Notre travail ensemble devrait faciliter nos relations. Mais parfois, nous perdons les gens que nous aimons sans crier gare.

— Malheureusement.

Sa voix se brisa et il raccrocha.

Elle l'avait entendu sangloter. Kai savait qu'il aurait beaucoup de mal à faire face à la mort de Warren. Elle se pencha et annonça :

— Bon sang, je me sens mal. La police était-elle au courant ?

— Il est tout à fait possible qu'ils l'ignorent, répondit Tyson. Je viens de demander à Levi et Ice de retrouver la mère de Tommy. Attendons de voir ce qu'ils peuvent découvrir.

— C'est tellement confus.

— Tout sera bientôt démêlé.

— Et puis, je dois aussi me demander qui hérite, déclara-t-elle. Warren a-t-il un testament ? Tommy y figure-t-il ?

— Tu soupçonnes Tommy ? la questionna Tyson, simplement.

— Non, je ne le soupçonne pas. C'était un peu trop organisé pour lui. Tommy pourrait se mettre en colère, mais je ne le vois pas trancher calmement les poignets de Warren. Sans parler du fait qu'il s'évanouit à la vue du sang.

Tyson haussa un sourcil.

— Je me suis coupée avec la cafetière lors de ma première semaine… Je me suis sentie assez stupide, mais j'ai vu le visage de Tommy. Il s'est presque évanoui. J'ai dû le forcer à s'asseoir, la tête entre les genoux, pendant que je nettoyais le désordre.

— Et tu ne penses pas qu'il faisait semblant ?

— Non, il ne faisait pas semblant. Il a vraiment failli s'évanouir.

Elle rejeta les couvertures et attrapa son peignoir. En l'enfilant, Kai lança :

— Je ne peux absolument plus dormir maintenant.

Elle se dirigea vers la cuisine et prépara du café. En attendant qu'il coule, elle regarda par la fenêtre. D'une certaine manière, c'était encore pire de savoir que Tommy avait un lien de parenté avec Warren. La police aurait dû informer Tommy de sa mort. Maintenant, ils allaient frapper à sa porte pour lui poser des questions auxquelles il n'aurait aucune réponse.

Tout en se servant, elle s'interrogea sur les autres employés. Ils avaient tous l'air sympathiques. Elle sortit son téléphone et envoya un message à Tommy.

Dans la société, est-ce que quelqu'un savait que tu étais lié à Warren ?

La réponse ne se fit pas attendre.

Larry. Nous sommes amis depuis des années. Quant aux autres, aucune idée. On n'en a jamais parlé.

Merci. Sais-tu si Warren avait quelqu'un d'autre dans sa famille ?

Non. Que son demi-frère. Warren n'a pas d'enfant.

— D'accord, lâcha-t-elle à voix haute.

Elle se dirigea vers la chambre et se tint dans l'embrasure de la porte.

— Tommy pense que personne d'autre dans l'entreprise n'était lié à Warren. Mais, ils n'en ont pas parlé. Il dit que Warren n'avait que son demi-frère comme famille.

Tyson ne leva pas les yeux de son ordinateur portable, en répondant :

— C'est aussi ce que je constate. Nous devons contacter l'avocat de Warren pour en savoir plus.

LE TÉLÉPHONE DE Tyson sonna. Il décrocha en disant :

— Levi, quoi de neuf ?

— L'inspecteur Mannford a pris attache avec l'avocat de Warren. Il y avait une police d'assurance-vie pour l'entreprise. Avec la mort de Warren, Kai possède désormais l'entreprise à cent pour cent. Warren avait fait un testament. Kai n'y figure pas. Tommy, si. Mais il n'hérite d'aucune part de la société.

— D'accord, c'est logique. Kai vient de parler avec Tommy. Elle ignorait qu'il était lié à Warren, elle lui a annoncé sa mort. Il est plutôt dévasté.

— Oui, Warren a apparemment beaucoup aidé Tommy ces dix dernières années. Le demi-frère de Warren a été contacté par la police pour être informé de sa mort. Il ne figure pas sur le testament. La police cherche une assurance-vie, ou un autre mobile, qui aurait pu le pousser à tuer Warren. Pour l'instant, elle n'a rien trouvé. Le demi-frère est propriétaire de Burning Edge. Nous suivons cette piste. Sans issue pour le moment.

Que Burning Edge soit la société du demi-frère de Warren était un fait intéressant. Les rouages de Tyson se mirent immédiatement en branle. Il intégra cette information à celles qu'il connaissait déjà.

— Warren possède-t-il d'autres biens ?

— Juste l'appartement dans lequel il vivait. Il devait être vendu aujourd'hui. Je ne sais pas ce qu'il en advient maintenant. Ce sera aux avocats de régler ça.

Tyson acquiesça.

— Donc, il n'y a aucune raison d'avoir tué Warren. Ça n'a aucun sens.

— À moins que ça n'ait un rapport avec son demi-frère.

— De quelle manière ?

— Par exemple, si son demi-frère pensait que sa société obtiendrait les droits exclusifs du système RV. Il proclame que Warren lui a donné un contrat signé.

— Pourtant, Kai n'est au courant de rien. Elle n'a certainement pas signé ça.

— Peut-être que Warren a essayé de monter une arnaque express, en vendant le logiciel à l'entreprise de son demi-frère, juste pour obtenir de l'argent pour son voyage. Warren devait savoir qu'il aurait des ennuis dès que Kai le découvrirait, et il a décidé de s'enfuir.

— C'est possible. Mais Burning Edge n'a aucune chance de faire honorer ce contrat, s'il n'a pas été signé par les deux propriétaires. Nous devons trouver l'original pour nous en assurer. L'avocat de Warren devrait en avoir une copie. Il s'est occupé de ses transactions.

— Je vais l'appeler.

Levi raccrocha.

Tyson leva les yeux lorsque Kai entra avec une tasse de café. Il lui partagea rapidement ce qu'il venait d'apprendre.

Elle s'assit sur le lit.

— Nous n'avons jamais discuté de la vente du programme de RV à Burning Edge. Warren savait ce que je pensais d'eux. Je croyais qu'il partageait mon opinion. Burning Edge opère dans l'ombre. Warren n'a jamais mentionné que c'était la société de son demi-frère.

Kai fronça les sourcils, puis ajouta lentement :

— Pourquoi n'en avoir rien dit ? De toute évidence, il ne voulait pas que les gens le sachent. Bien sûr, il savait à quel point Burning Edge avait mauvaise réputation. Tommy devait en avoir conscience aussi.

— Qu'il ait eu honte de son père ou qu'il soit encore en colère parce qu'il était un père absent, j'imagine que Burning Edge était quelque chose que Tommy ne souhaitait pas qu'on évoque encore et encore.

— C'est vrai. Il n'y a aucun risque qu'un accord ait été conclu avant mon arrivée. Nous n'avions pas encore assez progressé sur le système RV. Si le marché a été conclu après, cela signifierait que Warren essayait de m'arnaquer.

— Pourquoi faire ça ?

— Aucune idée. Nous devons parler aux avocats. Ils nous diront quels contrats existent et s'ils sont en règle et contraignants.

Elle se passa la main sur le visage et s'arrêta pour frotter ses yeux fatigués.

— C'est un vrai cauchemar.

— Ou pas. Avec sa mort, la société te revient à cent pour cent.

— J'ai signé le même engagement… Réalisant ce que Tyson venait d'énoncer, Kai s'illumina : tu en es sûr ?

— Aussi sûr que je peux l'être sans avoir vu les papiers. Par contre, cela signifie que, pour la police, tu deviens le suspect numéro un.

— J'ai toujours été le suspect numéro un, ronchonna-t-elle. Mais, je t'ai comme alibi ! Et si Tommy hérite de la maison de Warren, de ses comptes bancaires et de je ne sais quoi d'autre…

— Je sais qu'il hérite de beaucoup de choses. Je ne sais pas s'il hérite de tout.

— D'accord. Eh bien, cela fait de lui le suspect numéro deux.

— Exactement.

— Comme il n'y a aucune famille en dehors de Tommy, je suppose que l'organisation des funérailles lui revient, avec son père…

— Oui, répondit Tyson en pensant à Tommy avec son pantalon vert citron et sa cravate violette, je n'arrive pas à l'imaginer en train d'organiser des obsèques.

Kai sourit tristement à Tyson.

— J'aime bien son côté innocent, c'est rafraichissant. J'espère vraiment que ça ne changera pas. Même si, bien sûr, après la perte d'un mentor, d'un oncle auquel on tient, eh bien, on grandit forcément…

Elle considéra Tyson.

— Comment pourrait-il en être autrement ?

Il se concentra sur son clavier. Kai avait raison. Lui aussi avait dû mûrir…

— Ai-je changé à ce point ?

Kai s'arrêta sur le chemin de la salle de bains, songeuse.

— Je ne pensais pas à toi en disant ça, précisa-t-elle. Je pensais à moi.

C'était à son tour d'être surpris.

— C'est-à-dire ?

Elle lui fit un sourire en biais.

— Je suis plus moi, aujourd'hui. À l'époque, quand j'étais avec Tracy, j'étais comme son extension. Quand j'étais seule, j'avais l'impression de ne pas être tout à fait complète. Ces deux dernières années m'ont permis d'apprendre qui j'étais. Je me suis mise à faire les choses parce que je le voulais, et non parce qu'elle le voulait. J'ai réappris à manger ce que j'aimais et non ce que Tracy appréciait. Elle était une force de la nature. J'étais un roseau heureux, se courbant dans le vent. Quand je l'ai perdue, mon énergie n'a plus été dirigée par quelqu'un d'autre… Kai rit un peu avant de continuer. J'ai dû découvrir qui j'étais. Quelle direction je voulais prendre. Tout comme Tommy va devoir le faire.

Elle entra dans la salle de bains, fermant doucement la porte derrière elle. Il la fixa avec étonnement. Tracy avait effectivement été une force de la nature. Elle était très douée pour contraindre les gens à faire ce qu'elle voulait. Elle souriait toujours gentiment, mais il ne faisait aucun doute qu'elle dirigeait son monde… et le sien. Il n'avait jamais songé à se marier. Tracy le voulait, alors il était d'accord. Il n'avait pas rêvé de fonder une famille, mais avant qu'il ne s'en rende compte, c'était déjà le cas. Même la maison qu'ils avaient achetée ensemble l'avait été parce qu'elle l'avait adorée. Quand elle était heureuse, il l'était aussi.

Pour la première fois, il comprit pourquoi Kai se demandait si sa relation avec Tracy aurait duré ? Son mariage aurait-il tenu la distance ? Auraient-ils survécu dix ou même vingt ans ensemble ? Il aimerait le penser. Mais pour cela, il savait qu'il aurait dû faire beaucoup de compromis.

À l'époque, il en était tout à fait d'accord… Aujourd'hui, il était peut-être un peu plus comme Kai. Lui aussi avait beaucoup appris. Comme si cette année passée avec Tracy, à travailler, à sourire et à rire, avait rendu son monde plus lumineux, plus joyeux. Puis, lorsqu'il s'était vidé, il était redevenu la personne tranquille qu'il était auparavant.

En s'appuyant sur la tête de lit, il se demanda si c'était une mauvaise chose.

Il n'était pas silencieux parce qu'il était triste, ni parce qu'il était déprimé. Il était juste naturellement réservé. Côtoyer Tracy était épuisant. Il n'avait jamais voulu la décevoir, jamais voulu qu'elle le regarde, dépitée. Il aurait tout fait pour que le soleil continue d'illuminer son visage. Pour aller de l'avant, il se serait adapté.

C'était tellement étrange de réaliser à quel point la vie était différente sans elle. Et pourtant, ce n'était pas si mal. En fait, peut-être pour la première fois, il réalisait que tout irait bien.

Chapitre 16

A PRÈS LE CAFÉ, Kai le regarda et lui dit :
— Que veux-tu faire maintenant ?

Tyson éteignit son ordinateur, le posa sur le côté et se tourna vers elle.

— C'est samedi. Toi, que veux-tu faire ?

— Je pense que nous devrions retourner au bureau, parcourir l'ordinateur de Warren, voir s'il y a quelque chose que nous devrions savoir.

— Aucun problème. Tu devrais probablement passer aussi chez l'avocat, s'il est prêt à nous recevoir un samedi…

— L'inspecteur nous donnera-t-il des nouvelles ?

— Difficile à dire. Je l'appellerai un peu plus tard, on verra bien.

— D'accord, petit-déjeuner d'abord ? Si tu as envie de crêpes.

— J'ai toujours de la place pour des crêpes, lui répondit-il dans un sourire.

Ils se douchèrent et s'habillèrent rapidement. Arrivés au restaurant, ils s'installèrent devant un nouveau café.

— Tu penses qu'il y a une chance pour que l'autopsie soit faite aujourd'hui ? demanda Kai.

— J'en doute, mais comme il s'agit d'une enquête pour meurtre, peut-être…

Ils commandèrent leur petit déjeuner. Alors qu'ils

avaient presque terminé, Tyson reçut un appel d'Ice.

— Bonjour à toi aussi.

Tyson sourit, mit le téléphone sur haut-parleur et le posa sur la table.

— Tu es sur haut-parleur, Ice. On t'écoute.

— Le médecin légiste procédera à l'autopsie cette semaine. Avec un peu de chance, nous aurons un rapport complet vendredi. Cela nous donnera une base solide. Nous suivons plusieurs pistes en attendant. Mais les réponses, sur certains fronts, prennent du temps. Inutile de vous dire d'être prudents, n'est-ce pas ?

Kai gloussa.

— Je n'ai pas l'intention de faire quoi que ce soit de dangereux. Pour l'instant, nous mangeons des crêpes.

— Vous avez de la chance. J'ai raté le petit déjeuner. Mais Alfred est en train de me préparer quelque chose.

— C'est toi qui as de la chance, rit Kai. Je préfère le petit déjeuner d'Alfred à celui d'un restaurant.

Elle perçut le regard étrange de Tyson mais l'ignora.

— Nous allons nous rendre au bureau après, précisa Tyson. Nous voulons vérifier l'ordinateur de Warren. Surtout s'il s'agit d'une enquête pour meurtre. La police est susceptible de venir et de tout prendre.

— Ce n'est pas une mauvaise idée. Assurez-vous de passer en revue tous les dossiers papier aussi, ainsi que tout ce qui pourrait être pertinent.

Plus elle restait là, plus Kai craignait que la police n'arrive avant qu'elle n'ait eu l'occasion de vérifier. Elle dévisagea Tyson et lui confia :

— Je ressens une urgence soudaine à partir.

Il alla payer l'addition. Le temps qu'il revienne, Kai attendait impatiemment devant la porte d'entrée. En montant dans le véhicule, il lui demanda :

— Une raison particulière ?

Elle haussa les épaules.

— Je ne sais pas quand l'autopsie sera terminée et une fois que l'enquête pour meurtre sera ouverte, je crains que l'entreprise ne ferme ses portes pendant un certain temps.

Ils se rendirent directement à son travail et se garèrent sur le parking. Kai fut surprise de voir plusieurs véhicules.

— Pourquoi y a-t-il du monde ? Nous sommes fermés aujourd'hui.

— Allons le découvrir.

— Est-ce qu'Ice nous a informés de quelque chose d'inhabituel ? Y-at-il quelque chose sur les caméras de sécurité ?

— Non, mais ne t'inquiète pas, elle reste concentrée sur ça.

Quand Kai ouvrit le bureau, ils y trouvèrent Tommy et Larry assis. Tommy avait l'air mal en point. Quand il la vit, il s'approcha, les bras grands ouverts. Kai l'enlaça en le serrant contre elle. Malgré toute son intelligence, il n'était encore qu'un grand adolescent.

— Je suis vraiment désolée, Tommy.

Il renifla et recula.

— Je n'arrive toujours pas à y croire.

— Je sais. L'autopsie aura lieu cette semaine.

Elle se dirigea vers la porte du bureau de Warren et essaya de l'ouvrir. Elle était verrouillée. Elle se tourna vers Tommy.

— Tu l'as fermée à clé ?

— Non. Je me doutais qu'il y avait quelque chose de bizarre. Je suis venu m'assurer que tout était en sécurité. Je pensais que la police nous arrêterait. J'ai essayé d'entrer dans le bureau de Warren. Je n'y suis pas parvenu.

— Depuis combien de temps êtes-vous là ? demanda Kai, soupçonneuse.

Elle considéra Larry.

— Et toi ?

— Nous sommes entrés ensemble. Je suis arrivé environ dix minutes avant vous, répondit Tommy.

Lorsqu'elle se retourna vers le bureau de Warren, la porte était ouverte. Tyson lui jeta un regard innocent. Kai entra, prit place derrière le bureau et alluma son ordinateur portable. Il était toujours là. Elle réfléchit. Elle rapportait le sien chez elle, tous les soirs. Mais combien en avait-il ? Elle n'en avait qu'un.

— Y avait-il un portable dans l'appartement de Warren ? demanda-t-elle à Tyson.

— Non, il n'y en avait pas. Tu ne t'attendais pas à ce qu'il y en ait un ici ?

Elle fronça les sourcils.

— Je savais qu'il en avait un. Je me demandais juste s'il en avait deux.

— Je crois que Warren a deux ordinateurs portables, commenta Tommy depuis l'embrasure de la porte. Mais l'un d'eux était si vieux qu'il n'était presque plus utilisable. Je pense qu'il est rangé dans le tiroir du bas.

— Quelqu'un a-t-il touché aux serveurs ou accédé à l'ordinateur au cours des dernières vingt-quatre heures ? le questionna-t-elle en se dirigeant vers le tiroir.

Un ordinateur s'y trouvait.

Surpris, Tommy la dévisagea en fronçant les sourcils. Soudain, l'horreur envahit son visage et il se précipita vers son poste de travail.

L'estomac serré, Kai marmonna :

— Je suppose que nous le saurons dans quelques minutes.

Elle s'assit et ouvrit les tiroirs du bureau de Warren.

Larry s'approcha.

— Tu as le droit de faire ça ?

— Oui. Étant donné que je suis le dernier associé de l'entreprise, j'ai besoin de savoir ce qu'il se passe.

En lui répondant, Kai ne le regarda pas, mais, quand elle releva la tête, elle perçut son étrange expression.

— Ça te dérange ?

— Peut-être que Tommy est ton associé maintenant…

Elle étudia Larry pendant un long moment, réalisant que personne n'était encore au courant de l'aspect juridique de cette affaire. Combien d'employés étaient au fait du lien existant entre Tommy et Warren ?

— C'est possible. Mais si tu penses que je mets en danger l'entreprise, tu te trompes. J'ai besoin de savoir ce qu'il se passe. Cela signifie fouiller le bureau de Warren. Peu importe qui obtient ses parts, je reste l'actionnaire majoritaire.

Larry haussa les épaules et recula légèrement. Elle l'observa alors qu'il jetait un coup d'œil à Tyson. Son regard était dur, fixé sur l'entrée.

— Est-ce que ça t'a paru bizarre ? chuchota-t-elle pour que Larry ne puisse pas les entendre.

— Oh, que oui. Je vais contacter Ice pour savoir si elle a reçu un rapport complet sur lui.

Elle acquiesça.

— Fais-le.

Kai compulsa tous les dossiers de Warren. Dans un tiroir, elle trouva plusieurs chemises cartonnées, comme celles dans lesquelles elle conservait ses contrats. Le tiroir contenait également une pochette, en cuir noir, fermée. Elle l'ouvrit et y trouva des documents concernant Burning Edge. Pendant que Tyson s'occupait de l'ordinateur, elle les sortit pour les examiner de plus près. Il y avait des impressions de courriels, des détails techniques sur le produit et bien d'autres choses encore qu'elle envoya à Levi pour analyse.

— Eh bien, c'est intéressant…

— Quoi ?

— Le dossier Burning Edge. Et ce qui semble être un contrat.

— Il faisait donc cela sans ton accord ?

Il l'étudia attentivement.

— Je suis désolé.

— Moi aussi. J'ai l'impression de ne pas le connaître.

Elle commença à parcourir le contrat, n'aimant pas les termes, n'aimant rien de tout cela. S'il avait déjà passé un marché avec eux, sans sa permission, pourquoi avait-il approuvé le fait qu'elle apporte le prototype du système de RV à Levi ? D'après ce qu'elle avait sous les yeux, Burning Edge aurait eu les droits exclusifs pour développer et commercialiser leur système.

Lorsqu'elle arriva aux signatures, elle trouva un emplacement pour la sienne… Il était vierge. Kai était presque sûre que cela rendait le contrat caduc.

Elle devrait le relire et en appréhender les détails, mais plus tard, bien plus tard. Et après cela, elle devrait, encore, le soumettre à son avocat. Elle le plia, le rangea et continua à chercher dans les autres tiroirs. Laissant l'étui en cuir noir sur le bureau, elle se concentra sur le classeur et le parcourut. Ce qu'elle avait déjà fait à maintes reprises. Il s'agissait des seules copies papier des dossiers de la société. Derrière tous les dossiers se trouvait un coffre-fort. Elle l'ouvrit.

— Ça aussi, c'est intéressant.

Tyson leva les yeux, son regard s'illumina lorsqu'il vit le coffre que Kai tenait.

— Pose-le ici. S'il est fermé, je te l'ouvrirai.

Elle le déposa sur le bureau. Bien sûr, il était verrouillé. Elle vérifia dans le tiroir du haut et saisit la petite boîte à bijoux dans laquelle Warren gardait la clé. Dans le coffre, elle découvrit de l'argent. Beaucoup d'argent. Entendant des bruits de pas, elle le referma rapidement et le cacha sur ses genoux, que personne ne puisse le voir en entrant.

Tommy apparut.

— Il semble que rien n'ait été touché sur les serveurs.

Le soulagement dans sa voix lui fit réaliser à quel point Tommy avait lui aussi investi dans cette société.

— C'est bien. Maintenant, peux-tu vérifier si le login de Warren a été utilisé pour accéder aux serveurs et, si oui, quels fichiers ont été consultés ?

Tommy acquiesça. En faisant demi-tour, son regard se posa sur la pochette noire.

— Oh, c'est à Warren. Je l'ai vu avec ça récemment.

Elle le considéra, tapota la pochette en cuir noir et répéta :

— Ça ?

Tommy acquiesça.

— Tu savais qu'à l'intérieur se trouvait un contrat signé par Warren, avec Burning Edge, pour le développement exclusif et les droits de commercialisation de notre système de RV ?

— Quoi ? lâcha Tommy, choqué. Comment a-t-il pu faire ça ? Ils ont une réputation épouvantable. Je sais que c'est mon père, mais… je ne pensais pas que c'était un tel connard.

— Oui, c'est peut-être pour ça que Warren est mort. Il a

signé un contrat, sans mon accord, pour leur donner le système.

Kai avait mal à l'estomac. Elle devait contacter son avocat. Pourquoi Warren avait-il fait ça ? De l'argent facile ? Ou bien son demi-frère le faisait-il chanter ? Il faudrait qu'il détienne un secret important…

Tommy la regarda, horrifié.

— S'il te plaît, dis-moi que ce contrat n'est pas valable.

— Je ne sais pas. Je suis sûre que je ne l'ai pas signé. Les avocats vont devoir se mettre d'accord. Et puis, ils devront marteler Burning Edge. J'espère obtenir confirmation que ce contrat est caduc.

— Vous savez que ce qui se joue ici est énorme, n'est-ce pas ?

Son expression sérieuse transparaissait même si sa tignasse recouvrait la plus grande partie de son visage.

— Nous pouvons faire beaucoup mieux que cette entreprise cauchemardesque.

— Et c'est pourquoi je ne comprends pas pourquoi Warren a fait ça.

Kai secoua la tête.

— Cela n'a aucun sens. Peut-être qu'il savait que ce n'était pas légal. Peut-être qu'il l'a fait pour qu'ils lui lâchent la grappe, et quand ils l'ont découvert…

Elle laissa sa voix s'éteindre.

Tommy grimaça.

— Burning Edge a une sale réputation.

— À quel point es-tu doué pour le piratage ? lui demanda Tyson.

Tommy lui lança un regard aussi innocent que celui d'un nourrisson.

— Le piratage est illégal.

— Nous connaissons tous ton passé… Apparemment, Warren a codé l'accès de son ordinateur. Tu as une idée sur la façon d'y accéder ?

— Pourquoi aurait-il fait ça ? C'est son bureau, nota Tommy.

— Exactement. C'est pourquoi nous devons accéder à cet ordinateur. Nous devons savoir si quelqu'un a utilisé ses codes de connexion. Quel est le niveau de sécurité ici ?

— Le plus haut, répliqua Tommy. C'est ma spécialité.

— Tu veux dire que c'était ta spécialité, précisa Kai avec un petit rire. Maintenant, tu ne t'occupes plus que d'activités légales.

— Il faut maitriser les mauvaises choses pour bloquer l'accès aux autres, décréta Tommy distraitement.

Son regard se porta sur l'ordinateur portable.

— Je vais utiliser un logiciel de craquage de mots de passe. Cela ne prendra pas trop de temps. Ensuite, je devrais pouvoir passer par le réseau. Par contre, cela ne me permettra pas d'accéder à ses courriels personnels. Nous pourrons juste ouvrir son adresse professionnelle. Pour ses courriels personnels, c'est une autre histoire.

Il prit l'ordinateur de Warren.

— Vous voulez que je le fasse maintenant ?

— Oui. Avant que la police n'arrive avec un mandat et ne prenne tout ce qu'elle veut.

Horrifié, Tommy dévisagea Kai et se précipita vers la sortie.

Tyson se leva et lui chuchota :

— Je vais le surveiller. Nous avons besoin de tout ce qu'il y a sur ce portable.

— Vas-y. Il faut qu'on comprenne pourquoi Warren cachait autant d'argent dans son bureau.

Tyson lui jeta un regard dur en sortant.

— Parce qu'il en avait besoin.

Il referma la porte derrière lui, ce qui donna à la jeune femme l'occasion d'ouvrir à nouveau le coffre-fort pour compter l'argent. Plus de trente mille dollars en liquide se trouvaient dans le coffre. En regardant par la fenêtre, elle s'interrogea.

— Warren, as-tu accepté un pot-de-vin ? Et quand ils ont compris que le contrat ne tiendrait pas devant un tribunal, ils s'en sont pris à toi ? Une vie pour trente mille dollars ? Ça n'en valait pas la peine…

Elle referma le coffre et le rangea dans son sac. Il tenait tout juste. Il était hors de question qu'elle laisse cet argent ici. Pas alors que les gars y avaient tous accès. Elle ne savait pas comment cela fonctionnait. Avait-elle des droits sur cet argent ? Encore une question pour les avocats.

TYSON SUIVIT TOMMY jusqu'à l'espace central où il s'assit devant un disque dur connecté à son ordinateur principal pour le brancher sur l'ordinateur portable de Warren. Immédiatement, Tyson vit le programme de craquage de mots de passe commencer à travailler. Il sourit.

— Combien de fois as-tu eu l'occasion d'utiliser ce programme ?

Tommy lui adressa un sourire penaud.

— Pas assez souvent…

Larry s'assit à son bureau, sans se mettre au travail. Il posa ses pieds sur sa tablette et observa Tommy.

— Tu sais quelque chose sur ce que faisait Warren ? lui demanda Tyson.

Larry haussa les épaules.

— Non, rien du tout.

Le ton de sa voix était loin d'être bienveillant. Tommy ne sembla pas le remarquer. Tyson s'interrogea sur la relation entre Tommy et lui. Larry semblait avoir huit à dix ans de plus que lui. Tommy était juste assez jeune, assez niais et assez intelligent pour se faire manipuler par quelqu'un. Tyson avait vu cela se produire à maintes reprises.

Tyson décida de s'asseoir aussi pour les observer. Tandis qu'il suivait, par messages, l'échange en cours entre l'inspecteur et Levi sur diverses informations, il prit discrètement des photos de Larry et de Tommy.

Il savait qu'Ice était capable de lire le langage corporel. Même par le biais de photos. Merk et Rhodes étaient également très doués pour cela. Mais ils étaient tous les deux en mission. Stone pouvait aussi lire dans les gens, mais il avait tendance à rester plus souvent à la maison. Ce n'était pas que sa jambe l'empêchait de faire ce qu'il avait à faire, mais plutôt que ses compétences en matière de sécurité étaient nécessaires sur le domaine. Il était en train d'effectuer une grande révision du système de sécurité pour englober tous les nouveaux appartements qui étaient en train d'être rénovés.

Tandis que Tyson s'occupait de ses propres affaires, en continuant d'étudier les deux jeunes hommes en face de lui, il observait également les avancées de Tommy. Il se frayait un chemin dans le système, afin de savoir si Warren s'était connecté au cours des dernières vingt-quatre heures.

— Il s'est déconnecté hier après-midi avant de partir à toute vitesse, murmura Tommy. Il ne s'est pas reconnecté.

— C'est une bonne chose.

— Pourquoi ? le questionna Larry. Je ne comprends pas ce que vous avez à voir là-dedans.

Tyson l'ignora. Il se demandait à quel point le jeune homme serait agressif.

Tommy regarda Larry, assis à côté de Tyson, puis reporta son attention sur lui.

— Avez-vous le droit de savoir tout ça ?

Tyson acquiesça.

— Oui, j'en ai le droit.

Au soulagement, si évident sur le visage de Tommy, Tyson comprit à quel point il était jeune.

— C'est ce que tu dis. Tu n'es rien d'autre que son dernier plan cul, ricana Larry.

Tyson se redressa légèrement. Les pieds de Larry touchèrent le sol et il recula. Tyson jaugea le jeune homme d'un regard froid.

— De qui parles-tu ?

Sa voix était si douce, si glaciale, qu'elle poussa Tommy dans ses retranchements.

— Larry ne le pensait pas. Il parle de toutes les femmes de cette façon.

— Il ne parlera plus jamais d'une femme comme ça.

Tyson fixa Larry du regard.

— Tu comprends ?

Larry essaya de gonfler son torse mais céda rapidement.

— Oui…

Sa voix était dure, mais son attitude était déconcertante.

Tyson l'étudia un long moment.

— Il est peut-être temps, pour toi, de chercher un autre emploi.

Les deux jeunes hommes se placèrent devant lui.

— Il n'y a aucune raison pour cela, marmonna Tommy avec anxiété. Larry est vraiment bon dans ce qu'il fait.

Tyson tourna la tête de côté et fixa Tommy.

— Et que fait Larry exactement ici ?

Larry fronça les sourcils et regarda Tommy.

— Je fais toutes sortes de choses.

Tommy acquiesça, perplexe.

— Parce que quelqu'un, appréciant son travail et comprenant la situation précaire dans laquelle il se trouve actuellement, ne parlerait pas de son patron comme il vient de le faire, déclara Tyson.

— Elle n'a rien à voir avec l'entreprise. C'était la société de Warren. Il m'a tout expliqué, répliqua Larry, retrouvant son courage.

Tommy et Tyson le dévisagèrent.

— Que veux-tu dire, Larry ? s'enquit Tommy.

Larry considéra Tommy et lui balança, moqueur :

— Hé, tu sais comment ça se passe. Elle a ramené un peu d'argent et elle agit comme si l'endroit lui appartenait. Maintenant, regarde. Warren est mort. Je parie qu'elle l'a tué.

Tommy secoua la tête.

— Ce n'est pas possible. Ce n'est pas comme ça que ça s'est passé.

— Warren m'a raconté qu'elle le payait une misère, à peine de quoi vivre. Sa présence ici était temporaire, elle faisait partie du contrat selon lequel il pourrait racheter ses parts dès qu'il aurait réuni l'argent.

Larry retourna s'asseoir dans son fauteuil, les pieds sur le bureau.

— Elle l'a tué. Je ne vois pas pourquoi chercher plus loin. C'est ta société, Tommy. Tout le monde le sait.

— Non, ce n'est pas vrai. C'était d'abord la société de Mark et Warren. Je suis arrivé peu de temps après, donc oui, je suis là presque depuis le début. Mais je n'étais qu'un gamin à l'époque, je n'avais pas de poste officiel, réfuta Tommy.

— Tout devrait te revenir. Mais, cette garce trouvera un moyen de s'assurer que tu n'aies rien, tu veux parier ?

Tyson fixa Larry, écoutant tranquillement, se demandant quel était son rôle précis dans tout cela.

Tommy s'assit.

— Je préfèrerais avoir mon oncle plutôt que sa société. De plus, Kai dit la vérité. C'est elle qui détient le contrôle de l'entreprise, pas Warren.

— N'importe quoi ! cracha Larry en avançant son menton.

— Si. J'ai demandé à l'avocat hier, après leur dispute, précisa Tommy.

Tyson mit cette information de côté. Que Tommy ait eu l'intelligence de s'inquiéter de ça était intéressant.

Larry regarda son ami avec stupeur.

— Je sais qu'elle a menti. Je sais qu'elle mentait. Warren m'a prévenu qu'elle mentirait comme ça. C'est déjà ce qu'elle a fait, lorsque nous en avons parlé avant. Que Warren abandonne le contrôle de la société, c'est impossible ! Qui vas-tu croire ? Elle ou notre patron ?

Larry n'avait jamais considéré Kai comme son employeur, évidemment. Warren avait été là le premier. Elle n'était rien d'autre qu'une arriviste à ses yeux. Dommage. Kai méritait mieux.

— Warren n'avait pas le choix, lui expliqua Tommy. Il était en faillite. Kai l'a tiré d'affaire et a sauvé tous nos emplois. J'apprécie qu'elle l'ait fait. Je ne sais pas si j'aurais ma place ailleurs. C'est le meilleur travail envisageable pour moi. Quand oncle Warren m'a engagé, j'étais ravi. Tu sais comment je suis quand je me retrouve avec des inconnus ou des gens qui ne me connaissent pas. Je suis maladroit. Je déconne.

Larry le dévisagea, horrifié, puis lança un regard à la porte close.

— Tu veux dire que c'est elle qui possède la société ?

— Oui, depuis la mort de Mark, lui précisa Tommy.

Tyson observa le visage de Larry devenir gris. Qu'il s'agisse d'une nouvelle était une chose. Qu'il s'agisse d'une très mauvaise nouvelle en était une autre.

— Maintenant que Warren est mort, c'est à toi de jouer. Warren a dû rédiger un testament. Il t'a sûrement légué sa moitié de l'entreprise.

— Je ne pense pas que, dans le cadre d'une société, ça fonctionne ainsi.

— Mais il t'avait, toi, Tommy. Tu es son neveu. Lien du sang ou non, il te considérait comme sa famille. Il a dit que tu hériterais de tout, tu t'en souviens ?

Tommy considéra Larry.

— Il plaisantait. Je suis presque sûr que cela fait partie de leur accord. Si elle mourait, il avait la société. S'il mourait, elle avait la société.

— Non, c'est impossible.

— Pourquoi, Larry ? lui demanda Tyson. Parce qu'alors tu as tué Warren pour rien ?

La panique emplit le regard de Larry. Il secoua rapidement la tête.

— Non, non, non, non. C'est impossible. La société est à toi, Tommy. Tu vas devoir te débrouiller. Ce type raconte des conneries.

Il fit un signe à Tyson.

— Tu n'as rien à faire ici. C'est avec cette salope que tu devrais être.

Tyson fit un pas vers lui. Larry se leva de sa chaise et recula à toute vitesse.

— Ne le laisse pas me faire du mal, Tommy.

Tommy se leva et plaça son grand corps entre les deux hommes.

— Ce qu'a dit Tyson, lança Tommy à Larry. A-t-il raison ?

— Non, bien sûr que non. Je n'ai jamais fait de mal à personne.

— Sauf si blesser Warren t'avait aidé, Tommy, et par conséquent Larry. Vous êtes amis depuis longtemps, n'est-ce pas ? le questionna Tyson avec légèreté, son esprit voyant soudain clairement comment ça fonctionnait.

Larry acquiesça.

— Depuis toujours, n'est-ce pas, Tommy ?

— Oui, c'est vrai, répondit Tommy. Il est comme mon grand frère.

Pourtant, Tommy fixait Larry comme s'il ne l'avait jamais vu auparavant.

Tyson comprenait pourquoi. Quand on comprend enfin ce dont les gens sont capables, c'est souvent un choc.

— Qu'as-tu fait quand tu as appris que Warren partait ? demanda Tyson à Larry. Quand tu as appris qu''il s'enfuyait, qu'il quittait le pays et qu'il laissait tout s'effondrer derrière lui ?

Tyson entendit la porte du bureau de Warren s'ouvrir sans bruit. Il réalisa que Kai avait dû entendre ou voir quelque chose qui l'avait alertée sur ce qu'il se passait.

— Je suis allé à son appartement, je lui ai parlé. Je lui ai demandé s'il partait vraiment. S'il se rendait compte que la société s'effondrerait sans lui. Il a nié. Il a nié qu'il partait. Il avait beaucoup d'argent sur lui. C'était un acompte sur un contrat. Il en avait besoin pour commencer une nouvelle vie… lâcha Larry, perplexe. Il allait nous quitter, Tommy et moi. Et elle, elle ne pouvait pas continuer à faire tourner la société. Je savais qu'elle ferait faillite. Warren m'a expliqué qu'elle n'avait pas le pouvoir de faire quoi que ce soit. Elle perdrait son emploi. Je ne me soucie pas d'elle, mais Tommy et moi étions là depuis longtemps. C'était aussi notre entreprise.

— Tu as tué Warren, n'est-ce pas, Larry ? l'interrogea Tyson à voix basse.

Il s'assura rapidement que son téléphone enregistrait bien la vidéo.

— Je ne l'ai pas fait exprès… Je ne voulais pas le blesser. On s'est battus. Il est tombé. Je crois que je l'ai frappé un peu trop fort. Je ne sais pas si c'est à cause de mon coup de poing qu'il a heurté le bord de la baignoire quand il est tombé. Je ne voulais pas le blesser.

— Alors pourquoi l'avoir mis dans la baignoire et lui avoir ouvert les veines ? lui lança Kai à voix basse depuis l'embrasure de la porte. Et pourquoi y être retourné pour nettoyer le sang ? Pourquoi ne pas avoir appelé une ambulance ? Pourquoi ne pas lui avoir apporté l'aide dont il avait besoin ?

La fureur envahit le visage de Larry.

— Parce qu'il nous quittait encore… Dès qu'il serait rétabli, il nous quitterait encore.

Il haussa les épaules.

— J'ai remis l'argent que j'ai trouvé chez lui dans le coffre-fort du bureau. C'est là qu'il l'avait pris. C'est là qu'il devait être. La société appartient à Tommy. Je ne l'aurais jamais volé.

— Tu l'as volé. Tu lui as volé sa famille, son mentor…

Warren était le seul homme à avoir contribué à payer pour son éducation au fil des ans. Le seul homme à lui avoir offert des vacances et à l'avoir aidé quand sa mère ne pouvait pas…

— Non ! C'était un accident.

— Oui. C'était un accident. Jusqu'à ce que tu coupes les poignets de Warren et que tu le laisses se vider de son sang, précisa Tyson.

— Et là, c'est devenu un meurtre.

La voix de Kai était douce, gentille. Elle ne regardait pas Larry. Elle étudiait Tommy. Le jeune garçon était passé de la peur à la colère. Maintenant, il semblait prêt à éclater en sanglots. Elle s'approcha de lui et posa sa main sur son épaule.

— Assieds-toi, Tommy.

Il s'effondra sur sa chaise en fixant Larry.

— S'il te plaît, dis-moi que tu n'as pas tué oncle Warren.

Larry tendit les mains.

— Je ne voulais pas, Tommy. Et puis, j'ai paniqué… Je ne savais pas quoi faire d'autre. Il ne saignait pas, mais il respirait. Il était encore en vie quand je l'ai mis dans la baignoire.

— Il était encore en vie quand tu lui as ouvert les veines ? En d'autres termes, si tu avais appelé les secours, tu aurais pu le sauver ? lui demanda Kai. Au lieu de ça, maintenant c'est un meurtre. Et c'est toi aussi mon harceleur, n'est-ce pas ? C'est toi qui me rends folle ? Celui qui m'envoie des textos pour me dire de prendre une décision ? Qui entre de faux noms dans mon téléphone portable ? Qui me suit ? Qui vole mes sous-vêtements ? Me traque ?

Larry haussa les épaules.

— Oui, c'est moi, mais je l'ai fait à la demande de Warren.

Chapitre 17

— À LA DEMANDE de Warren ? répéta Kai, choquée.

— Oui, il ne voulait plus de toi dans les parages. Je me suis dit que si je te rendais la vie vraiment difficile, tu décamperais.

— Alors pourquoi a-t-il paniqué et essayé de s'enfuir ? le questionna Tommy d'une voix forte.

— Parce que le harcèlement et la fraude sont passibles de lourdes peines. Et je pense qu'il a compris qu'il était sur le point d'être démasqué, déclara Tyson.

Tommy le regarda, surpris.

— De quoi parlez-vous ?

— Quand j'ai fait appel à *Legendary Security* pour enquêter sur mon harceleur, nous avons commencé par examiner les profils de tous les employés dans cette société, raconta Kai. Warren a paniqué. Il avait engagé Larry pour me terroriser en me faisant croire que j'étais harcelée… C'était complètement merdique comme idée, mais ça ne valait pas la peine de jeter sa vie en l'air.

— Il n'y avait pas que ça, précisa Tyson à voix basse.

Kai le dévisagea, voyant dans son regard, sérieux, les signes d'une mauvaise nouvelle imminente.

— Qu'as-tu découvert ?

Tyson lui tendit la main.

— Mark. Sa mort n'était pas un accident.

Kai sursauta d'horreur.

— S'il te plaît, non, s'écria-t-elle. Mark était un homme bon. C'était mon ami.

— Désolée, Kai, mais la police a enquêté après sa mort. Mark avait laissé un bloc-notes sur son bureau, il travaillait sur des problèmes. Sa sœur a contacté la police lorsqu'elle les a découverts. Quand Mark t'a contactée, il était inquiet car Warren était très en colère. Même s'il avait besoin d'argent, Warren refusait de vendre suffisamment d'actions pour renflouer la société. Il refusait de transférer un tiers de la société à quelqu'un d'autre. Il a menacé Mark à plusieurs reprises.

Kai, les larmes aux yeux, ajouta :

— En tuant Mark, Warren pensait qu'il hériterait de ses actions. Ce qui, ajouté aux siennes, lui donnait une participation majoritaire. Et, en m'en cédant une partie, il se sortirait de l'enfer financier dans lequel il s'était mis... Et ainsi, il éviterait la perte de la société. Mais Mark a agonisé pendant plusieurs jours... Entre-temps, les contrats ont été remplis, faisant de moi une actionnaire. Suite à leur accord, dorénavant, Mark pouvait choisir de me laisser ses actions plutôt qu'à Warren.

Elle secoua la tête.

— Je l'ignorais. Pauvre Mark.

— Pauvre Mark, en effet.

— Bon sang, Mark était génial. Ça craint, murmura Tommy. Qui était oncle Warren ? Cet homme que je pensais connaître ?

— Ne pense pas ça, décréta Larry. Warren n'était pas mauvais. Il était juste désespéré.

Tommy fit face à Larry.

— Comment peux-tu dire ça ? Il a tué son partenaire. Il

t'a aidé à terroriser Kai. Il a essayé de vendre l'un de nos produits à l'une des pires entreprises possibles… Il était sur le point de s'enfuir en laissant la société en plan…

— Il aurait dû tuer Kai. Il aurait eu l'argent et toutes les actions de la société, s'écria Larry.

— Il aurait eu l'air coupable, annonça Tyson à voix basse. Cela aurait déclenché une enquête qu'il ne pouvait pas se permettre.

— C'est impossible. Il l'aurait fait de façon à ce que tout le monde l'ignore. Comme pour Mark.

— J'aurais enquêté, décréta Tyson, d'une voix dure et froide. J'aurais retourné chaque pierre pour obtenir les réponses dont j'aurais eu besoin. Puis j'aurais fait en sorte qu'il paie.

— Ça explique pourquoi Warren a paniqué quand j'ai fait intervenir *Legendary*, murmura Kai. Il savait que ses chances de s'en tirer seraient très faibles.

— Alors il a décidé de vendre sa maison et de s'enfuir.

Tommy se tourna pour fixer le bureau de son oncle.

— J'ai l'impression de ne jamais l'avoir connu.

— Ne t'inquiète pas, Tommy, précisa Tyson. Avec sa mort, nous allons traquer tous ses comptes bancaires, rechercher toutes ses transactions secrètes…

— Tu ne vas pas honorer le contrat ? C'est l'argent que Larry a rapporté ? Un paiement anticipé ou peut-être un pot-de-vin ? demanda Tommy à Kai, sa voix mêlant la surprise à l'espoir. Peut-on s'en sortir ?

— Je n'ai jamais signé ce contrat, annonça Kai. Warren n'avait pas le droit de vendre ou de conclure un marché sans mon accord.

Elle hésita.

— Pour ce qui est de l'argent, je ne sais pas. Je doute que

Burning Edge avoue qu'il vient d'eux. Aucun dépôt n'a été mentionné dans aucun des documents.

— Mais est-ce que Burning Edge peut toujours faire respecter le contrat ?

Elle haussa les épaules.

— Je ne vois pas trop comment ils le pourraient, pas alors que j'ai le contrôle de la société. Warren n'était qu'un associé.

Elle sourit à Tommy.

— Nous allons nous arranger.

— Je ne veux pas de contrat avec eux.

— Oui. Je suis tout à fait d'accord avec toi. Mais nous avons un petit problème à régler maintenant.

— Que veux-tu dire ?

— Je veux dire que nous ne mettrons rien sur le marché pendant au moins six mois, jusqu'à ce que cette affaire soit classée, énonça-t-elle calmement. Il se peut que nous ayons d'abord à régler quelques problèmes juridiques… Mais, ensuite, nous nous reconstruirons plus forts, encore meilleurs. Et lorsque nous parlerons avec des sociétés de jeux, nous ne choisirons pas Burning Edge. Il existe beaucoup d'autres entreprises, plus grandes et plus compétitives, comme Viacom par exemple.

— Absolument. Alors tu vas continuer à faire fonctionner la société ? lui demanda Tommy, plein d'espoir.

— Avec tes compétences, je suis sûre que nous pouvons mener l'entreprise très loin, lui confia-t-elle dans un sourire.

Larry s'écria :

— Ce devrait être sa société !

Tommy secoua la tête.

— Non. Je ne connais rien aux affaires. Je veux juste faire ce que je fais.

— Et c'est pourquoi tu es à ta place et moi, à la mienne, déclara Kai, souriante. Il est évident que je vais devoir embaucher du personnel.

Elle fixa Larry.

— Tu réalises que tu as ruiné ton avenir et ta vie dans son ensemble ?

Larry se tourna vers son ami.

— Tommy, tu vas me sortir de là, n'est-ce pas ?

Il se dirigea vers la porte d'entrée.

— J'ai fait tout ça pour toi.

Tommy le regarda.

— Larry, tu as été comme un frère pour moi, mais, mec, tu as fait une connerie, une grosse connerie…

Le visage de Larry se tordit sous le coup de la colère.

— Après tout ce que j'ai fait pour que tu détiennes ta foutue société !?! C'est toi le génie qui en est à l'origine. Elle devrait t'appartenir ! Je sais pertinemment que tu pourrais la diriger.

— Comment le sais-tu ? demanda Tyson à voix basse.

— Parce que j'en ai parlé à Warren. Lui et moi étions de bons amis. J'étais une des rares personnes à être au courant de son lien avec Tommy. Il m'a assuré que Tommy avait tout ce qu'il fallait.

Il lança un regard à Kai.

— Tout.

Kai secoua la tête.

— Comment se fait-il que tu puisses encore croire Warren après tout ce qu'il a fait ? Tommy héritera probablement de certaines de ses affaires, mais, je pense que la société est maintenant à moi, à cent pour cent.

Une telle rage apparut sur le visage de Larry qu'il envisageait probablement de l'attaquer. Tyson n'avait toujours pas bougé. Kai souhaitait que Larry tente quelque chose pour qu'elle puisse lui casser la figure. Mais bien sûr, lâche jusqu'au bout, il fit volte-face et courut vers la porte d'entrée. Il l'ouvrit et, alors qu'il filait vers la sortie, plusieurs policiers l'encerclèrent.

— Non, non, non, non. Vous ne pouvez pas faire ça. Tommy, aide-moi.

Larry cria tout le long du couloir, tout le long des escaliers.

Finalement, on n'entendit plus ses cris. Kai reporta son attention sur Tommy, qui était assis en tailleur, les larmes aux yeux.

Elle jeta un coup d'œil à Tyson, puis serra Tommy dans ses bras.

— C'est probablement le pire jour de ta vie. Mais ça ira mieux après…

Il secoua la tête.

— Comment ?

— Ne laisse pas le meurtre de ton oncle sonner le glas de ta vie. Fais quelque chose de ton travail. Prouve qu'on peut le faire sans mentir ni tricher, déclara Tyson à voix basse.

Il fit signe à l'inspecteur qui se trouvait à la porte.

— Malheureusement, je vais avoir beaucoup de questions à vous poser pour les prochaines heures.

— Et son demi-frère, mon père, a-t-il aussi des ennuis ? demanda Tommy.

L'inspecteur Mannford s'avança vers eux et répondit :

— Oui. Mais plutôt pour fraude. Je ne crois pas qu'il soit mêlé au meurtre de votre oncle. Et je ne pense pas qu'il ait quelque chose à voir avec les problèmes de harcèlement.

— Non, juste pour ce que Burning Edge préparait, dit Kai.

Quelques heures plus tard, ils ramenèrent Tommy chez lui. À la fin de son interrogatoire, il était plutôt abattu. L'inspecteur Mannford lui avait proposé de le raccompagner, mais Tommy avait regardé Kai, qui l'avait donc ramené chez lui.

Quand ils l'eurent déposé, en s'assurant qu'il avait deux amis auprès de lui, Kai ressortit avec Tyson et s'enquit :

— Alors, ça veut dire que tu rentres chez toi maintenant ?

— Chez moi, où ? demanda-t-il. Le domaine est à environ quarante minutes d'ici. Pour l'instant, je vis plus avec toi que là-bas.

— Eh bien, peut-être que cela signifie que tu as deux maisons au lieu d'une, lança-t-elle en riant.

— Tu sais ? J'aime bien cette idée, lui déclara-t-il dans un sourire.

Dehors, devant le SUV, il se tourna vers elle.

— Je l'aime vraiment.

Kai passa ses bras autour de son cou.

— Parce que ce que nous avons n'a rien à voir avec nos travails. Cela n'a rien à voir avec toute la douleur, tous les maux de tête que j'ai endurés à cause de Larry et Warren. Cela n'a rien à voir avec Tracy et la merveilleuse relation que nous avions, tous les deux, avec elle. Cela ne concerne que nous. Je ne veux pas perdre ce que nous avons…

Sa voix baissa d'un ton.

— Et je ne veux pas te perdre. Je suggère donc fortement que nous écoutions notre cœur… Que nous prenions le temps de voir dans quel endroit nous voulons vivre… Pour l'instant, ne changeons rien. Tu peux passer un peu de temps avec moi au manoir et je passerai un peu de temps avec toi à Houston. Plus tard, nous déciderons quel lieu nous convient le mieux.

Kai se blottit contre son épaule et le taquina :

— Es-tu sûr de ne pas juste me vouloir pour mettre la main sur ce système VR en premier ?

Il l'enlaça et la serra contre lui.

— Si c'est un bonus en plus, qui suis-je pour le contester ?

Elle roula des yeux.

— Tu as le droit de jouer le héros dans la vie virtuelle et dans la vie réelle.

— Tant que je suis ton héros, murmura-t-il. Je suis un homme heureux.

Épilogue

VOIR MICHAEL ET Tyson si heureux, affichant un air béat, excités par le renouveau de leur vie, eh bien … Jace ne savait qu'en dire. Il l'avait vu arriver, du moins pour Tyson. Il était sacrément heureux pour son pote.

Tyson avait connu l'enfer et en était revenu. Il avait été brisé, mais s'était relevé.

Comment Jace pouvait-il aller de l'avant lui aussi ? Cela faisait un peu plus d'une semaine qu'il était dans l'enceinte de *Legendary Security*. Plusieurs missions étaient en préparation, mais aucune n'avait encore commencé. Jace avait l'impression de gaspiller son temps… et celui de Levi. Pourtant le fait d'être là avec tous ses amis, réunis, était une expérience incroyable. Il avait envie de la continuer. Construire sur cette base. Peut-être pourrait-il s'enraciner ici…

Il avait l'impression de devoir encore faire ses preuves. Comme s'il avait obtenu ce poste uniquement grâce aux recommandations des autres… Jusqu'à présent, il n'avait pas démontré sa valeur.

Cela le mettait mal à l'aise. La pitié n'était pas son point fort. Il savait faire beaucoup de choses, même si, depuis qu'il avait quitté l'armée, il n'avait développé aucune spécialité. Il avait travaillé dans beaucoup de domaines… Rien ne lui convenait.

Il avait passé du temps dans le ranch de Rory, pour les aider sa famille et lui. Rory était un des membres de son unité qui avait quitté l'armée à ses côtés. Avoir une raison de partir et d'aider avait été une aubaine. Jeter des bottes de foin, manier une fourche avait fait des merveilles pour évacuer la frustration que Jace avait, longtemps, ignorée. Mais quand le travail au ranch s'était calmé, il avait su qu'il était temps pour lui de reprendre sa route.

Maintenant, il vivait ici sur la recommandation de Michael. Michael avait raison. C'était un endroit génial. Il se sentait bien. Même si ce n'était pas son endroit. Du moins, pas encore. Jace connaissait la plupart des hommes présents dans cette pièce, mais il y avait tellement de femmes, superbes et gentilles, qu'il était pris au dépourvu.

— Ça va ? lui demanda Kai en apparaissant à côté de lui.

Elle arborait un sourire radieux. Comme toujours. Son sourire était encore plus éclatant depuis qu'elle était avec Tyson. Jace ne pouvait pas lui en vouloir…

— Oui. Pourquoi ça n'irait pas ?

— Qui sait ? Comme Tyson, tu as tendance à rester en retrait, à observer tout le monde… rit-elle.

— Je ne suis pas si sauvage que ça. Je suis le nouveau… Il va me falloir un peu de temps pour trouver ma place.

— Peut-être ou peut-être pas… Tyson aussi était un nouveau.

Elle lui désigna la foule qui s'étalait devant eux.

— Moi aussi, j'essaie encore de trouver ma place.

— Je vois ça.

Jace lui concéda ce point. Kai était la dernière arrivée dans le groupe de femmes. Comme il était le dernier dans celui des hommes. Il devait admettre que tourner la page, prendre un nouveau départ, l'attirait beaucoup en ce moment.

Merk s'approcha et lui donna une tape sur l'épaule.

— Alors, tu es prêt ?

Jace haussa un sourcil, dubitatif.

— Prêt à quoi ?

— À perdre ton statut de célibataire.

— Mais bien sûr… Comme si ça allait arriver bientôt.

Jace lui indiqua la salle.

— Toutes les femmes sont prises.

Ice rit derrière lui. Il se retourna et lui sourit.

— J'ai tort ?

— Non, tu n'as pas tort… Mais attends demain. Ton monde est sur le point de changer, lui lança-t-elle, dans un sourire malicieux.

— Selon qui ?

— Selon moi. J'ai parlé avec Emily Leacock aujourd'hui, avant de faire mes recherches. Attends de voir si je me trompe ou non… Sa voix…

Malgré lui, Jace était intéressé.

— Je ne la connais pas. Quand vient-elle ?

— Demain à la première heure.

Elle s'approcha pour l'embrasser sur la joue.

— Dis adieu au célibat.

Sur ce, elle quitta la pièce, laissant Merk et Kai glousser comme des imbéciles.

— Je déciderai seul, déclara-t-il dans le dos d'Ice. D'ailleurs… Cette pauvre femme pourrait bien être déjà mariée, commenta-t-il en faisant face à Merk et Kai.

— Pas si Ice a fait ses devoirs, ricana Kai. Son intuition est légendaire.

Jace sourit, pensant au nom de la société qu'Ice et Levi avaient créée.

Demain ? Il avait hâte d'y être.

C'est la fin du tome 11 de *Héros à louer : Le Trésor de Tyson*.

Découvrez la suite avec *Le Miracle de Jace*, tome 12

Héros à louer : Le Miracle de Jace (tome 12)

Quand plusieurs membres d'une équipe de recherche et de sauvetage meurent dans un accident, suivi d'une série de meurtres suspects, on envoie Jace démêler le mystère.

Emily a toujours adoré son travail pour une grande compagnie d'assurance jusqu'à ce qu'on lui confie plusieurs dossiers, tous concernant les membres d'une même famille. Des hommes qu'elle a connus… intimement. Redoutant quelque chose de sinistre, elle fait appel à Legendary Securities.

Alors que l'enquête suit son cours, la jalousie et la cupidité se révèlent sous la forme de nouveaux cadavres, ainsi que des primes d'assurance qui n'auraient peut-être jamais dû être versées.

En compagnie du beau Jace, elle creuse de plus en plus profondément dans des dossiers complexes et personnels. Une course contre la montre s'engage pour empêcher un autre crime d'être commis juste sous leurs yeux…

Le tome 12 est disponible dès aujourd'hui !

Pour en savoir plus, visitez le site web de Dale Mayer.

https://geni.us/FRDMSJace

Note de l'auteure

Merci d'avoir lu *Le Trésor de Tyson, Héros à louer, tome 11* ! Si vous avez apprécié le livre, merci de prendre un moment pour laisser votre avis.

Chers lecteurs,

J'aime avoir de vos nouvelles, alors n'hésitez pas à me contacter sur mon site web : www.dalemayer.com ou sur ma page d'auteure Facebook. Pour être informés des nouvelles parutions et des offres spéciales, inscrivez-vous à ma newsletter ou suivez-moi sur BookBub. Si vous souhaitez rejoindre mon groupe de lecteurs, voici la page d'inscription sur Facebook.
http://geni.us/DaleMayerFBGroup

À bientôt,
Dale Mayer

À propos de l'auteure

Dale Mayer est une auteure de best-sellers au classement de *USA Today*, connue pour ses romances militaires sur les forces spéciales, sa série *Psychic Visions* et sa série *Jolis Jardins Maudits*, dans le genre cozy mystery. Ses romances contemporaines sont vibrantes d'émotion et de passion (série *Broken But… Mending, Hathaway House*). Ses thrillers vous laisseront à bout de souffle (séries *By Death* et *Kate Morgan*) et ses comédies romantiques vous feront rire aux éclats (*It's a Dog's Life*, une novella hors-série, et la série *Broken Protocols* avec Charming Marvin, le chat).

Elle laisse libre cours aux séries qui lui viennent… dont certaines sont carrément folles, enfreignant toutes les règles et croisant différents genres !

En plus de ses romans de fiction, elle écrit également des textes documentaires dans de nombreux domaines, dont la rédaction de CV, le jardinage de loisir et le système de crédit immobilier américain. Elle a récemment publié la série professionnelle *Career Essentials*. Tous ses livres sont disponibles aux formats papier et ebook.

Contactez Dale Mayer en ligne

Site web de Dale – www.dalemayer.com
Twitter – @DaleMayer
Facebook Page – geni.us/DaleMayerFBFanPage
Facebook Group – geni.us/DaleMayerFBGroup
BookBub – geni.us/DaleMayerBookbub
Instagram – geni.us/DaleMayerInstagram
Goodreads – geni.us/DaleMayerGoodreads
Newsletter – geni.us/DaleNews